她 海上文创

编著
上海市妇女联合会
新民周刊

文汇出版社

编委会成员

主　　编：张　华

副 主 编：陈建军

策　　划：徐维娜　刘　琳

执行编辑：钱亦蕉　黄　婧　江海伦　顾树青

　　　　　张　婧　周晓慧

撰　　稿：应琛　孔冰欣　金　姬　周　洁

　　　　　姜浩峰　吴　雪　陈　冰

美术设计：乐　业

特别鸣谢：上海市文化和旅游局

　　　　　上海市妇女儿童服务指导中心（巾帼园）

　　　　　PACC（上海公共艺术协同创新中心）

序言

习近平总书记在上海考察时强调:"要贯彻新时代中国特色社会主义文化思想,深化文化体制改革,激发文化创新创造活力,大力提升文化软实力。"总书记也曾指出,要让活态的乡土文化传下去,深入挖掘民间艺术、戏曲曲艺、手工技艺、民族服饰、民俗活动等非物质文化遗产。要加强非物质文化遗产保护和传承,积极培养传承人,让非物质文化遗产绽放出更加迷人的光彩。

百余年来,作为中华文明面向世界、不断革新的重要窗口,上海这座大都市的红色文化、海派文化、江南文化激荡交融。作为党的初心始发地,上海积厚成势,守住了最深沉、最鲜亮的那抹红色,兼以海派文化、江南文化为支撑,进一步挖掘内在文化符号,解读自身文化基因,对传承弘扬、创新发展非物质文化遗产,充满信心,走在前列。上海女性聪慧时尚、自信坚韧、创新进取,与城市同发展、与时代共命运,做坚定的中华优秀传统文化的守护者、传承者、弘扬者,倾情讲好中国故事、上海故事、女性故事,为全面打造文化自信自强的上海样本,全力建设习近平文化思想最佳实践地贡献巾帼力量。

新中国成立75周年之际,我们特意挑选了75件沪上优秀非遗女性传承人的代表作品以飨读者。希望大家在了解触动人心的非遗故事后，能深入体会文明的传承、非遗的绚丽。面塑奇趣多，编织有学问，纤指忙挑绣，素手制花样；择茧缫丝飞梭剪，浸染着色青白现；一屉松软香甜，并坐煁尝；满街上元灯彩，情思荡漾……海派的，也是全球的；民族的，也是世界的。这些非遗作品的背后是兢兢业业的非遗女性传承人身体力行、矢志不渝的热爱和"择一事、终一生"的匠人精神，她们把个人梦融入家国梦，以女性独特的灵敏视角为非遗事业增光添彩，让丰盈的文化元素点缀人间烟火。上海市妇联通过指导成立非遗女性传承人联盟，提供一个传人共研、技艺共促、资源共享、合作共进的平台，展现非遗女性传承人和致力于非遗文化传播的当代女性在新时代迸发出的焕新力量。由此，一颗颗非遗保护、国粹留存的种子不断萌芽、生长，慢慢衍生出文创作品，走进机关、企业、园区、学校、社区、农村，孵化出一片片文化实践的活泼土壤。

　　海上传奇，非遗流芳。"她力量"正为城市文脉的赓续持续赋能，"上海文化"的品牌正愈加璀璨！

张华

目录

程美华
妙手织就"软浮雕"   001

李蔷
从工艺技法到使命传承   017

王勤
古法创新,传承国潮   033

宋荣耀
崇明线带编织的织梦人   049

张书嘉
小小的面人,大大的梦想   065

钱月芳
一针一线入画来   081

杨宁
让非遗与时俱进"活"起来   097

刘秋雁
旗袍盘扣系着的情结   113

郑晓蓉
作品千万变,"绣"出我人生　　　　　　129

陈杏芝
一片衷情寄香囊　　　　　　　　　　　145

龚智瑜
80后巧手"点亮"上海灯彩　　　　　　161

朱燕
做好"米"文章　　　　　　　　　　　177

奚小琴
一把剪,一张纸,半生缘　　　　　　　193

柳玉成
布上青花,玉汝于成　　　　　　　　　209

曹秀文
用一支画笔描绘乡村振兴　　　　　　　225

金山丝毯

上海手工丝毯在全国独树一帜。她的"匠人精神"也因此融化在一丝一缕织就的华丽丝毯之中。

程美华
妙手织就"软浮雕"

撰稿 | 金 姬

丝毯

以金山丝毯为代表的上海丝毯织造技艺很是精妙，一幅丝毯需要经过设计、放稿、点格、算色、配色、染色、拼丝、织造、平毛、剪花、整修、验收共12道手工工艺流程。其中编织以独特的手工打"8字结"方法，达到裁绒画面分色、套色、韵色、跳色等特殊效果。

位于上海金山的枫泾是江南水乡古镇，历史上丝织行业极为发达。而如今最能体现当地高超织造技艺的物件则低调地展示在亭枫公路的一家老厂房内。

这里是上海市金山丝毯厂，也是上海美华大师丝毯创意工作室。多年来，这里出品的手工丝毯在继承和发扬传统工艺的基础上，博采众长、兼容并蓄，让中国传统的手工丝毯从平面走向立体，具有东方软浮雕丝毯艺术特色，令上海手工丝毯在全国独树一帜。

而在这背后，则是非遗项目"上海金山丝毯手工技艺"代表

性传承人程美华半个世纪的坚守和创新。她被业界誉为"现代艺术壁挂毯的开拓者",先后荣获"第七届中国工艺美术大师""全国三八红旗手""第一届上海工匠""上海市非物质文化遗产代表性传承人""中国地毯专家"等称号。

50后的程美华不止一次说过这样一句话:"我一辈子做了一件事,一件事做了一辈子,就是将中华传统的优秀文化发扬光大,代代相传。"她的"匠人精神"也因此融化在一丝一缕织就的华丽丝毯之中。

作品 ①：幸福之光

当代艺术壁挂毯《幸福之光》完成于 2015 年 10 月。采用国际流行色设计,色彩独特,融入新工艺片剪,让幸福的光芒瞬间绽放,光彩照人,令人感到幸福祥和,春满人间!作者愿"幸福之光"走进千家万户,人们沐浴在党的阳光下,生活越来越好,幸福安康。

三个难忘的"人生第一"

对于程美华而言,她的手工丝毯织造之路上有三个难忘的"人生第一"。

1954 年 10 月,程美华出生在江苏如皋的一个普通工人家庭,父亲是当地有名的手艺人。程美华兄弟姐妹八个,她排行老六。在父亲的熏陶下,8 个孩子个个心灵手巧。男孩是机械行业的先进工作者,女孩是织绣类别的佼佼者。

1974 年 1 月,高中毕业的程美华被绚丽多彩的丝毯吸引,正式成为江苏如皋工艺丝毯厂的技工。切割丝线的工具刀小巧锋利,但操作时不能戴手套,新工人稍不留神就会挂彩,一旦挂彩就得休息。程美华唯恐浪费时间,往伤口贴了双层创可贴后便继续练习,甚至无师自通了食指取线法。在勤学苦练后,程美华完成的第一幅丝毯《富贵牡丹》就被评为了一等品,而她也被老师傅夸赞"有天分、有灵气"。

作品 ❷：年年有余

《年年有余》完成于 2012 年 8 月。作品以凹凸艺术之美，彰显"软雕塑"的独特魅力。画面中 288 条鲤鱼畅游牡丹花丛中，象征着祖国吉祥、年年有余。该作品参展 2014 年北京 APEC 首脑峰会，2018 年入选第一届上海国际进口博览会，受到各国领导人高度赞赏。

"在我们那个年代，一等品就等于 90 分到 100 分；二等品，80 分到 90 分；三等品刚及格，70 分到 80 分。当时一个月工资 15 块，只有一等品才能拿满这笔钱，否则都要扣钱的。当我拿到 15 块钱工资回家给爸妈的时候，心里特别激动。"正是因为 50 年前的第一件作品就被评为一等品，埋下了程美华一辈子织造丝毯的初心。

1980 年，26 岁的程美华到了上海金山丝毯厂工作，负责技术指导。1981 年，作为厂里的技术骨干，程美华前往原中央工艺美术学院学习，在清华大学美术学院特艺系主任袁运甫教授的带领下，合作研制中国第一幅现代艺术挂毯《智慧之光》。这是她的第二个"人生第一"。

"以前丝毯采用点格来划分色块，区域间边界明晰，过渡不够自然。"受波斯地毯的启发，程美华当时提出抛弃点格和固定色彩，将一种色彩深化出十五种晕色，以表现颜色的丰富性。采用了新的编织工艺后，象征智慧的东方女神在 2580 种色彩的映衬下真的"活"

作品 ③：白玉兰

白玉兰是上海市市花，象征着奋发向上的精神。该作品把钩、织、盘、拉、结等新工艺手法融为一体，让整个丝毯画面中的玉兰花昂首怒放，充满活力。玉兰花儿开，朵朵放光彩，歌颂国际大都市上海在新时代大放异彩。

了。一年后，袁教授带着这幅作品到美国艺术中心展出，得到美国艺术界的高度好评，评价这幅丝毯开拓了现代丝毯艺术的新境界。

机会总是留给有准备的人。1982年，28岁的程美华迎来了第三个"人生第一"。当时，她凭着过硬的技术本领作为中国选派的唯一技术能手赴德国汉诺威参加国际地毯博览会，这也是她

第一次出国。而彼时的欧洲人不相信中国地毯是手工制作的,当她在现场技术表演时,精湛技艺折服了每位观众。这些镜头也在德国当地电视台的新闻黄金时间播出,订单纷至沓来,中国手工丝毯由此敲开了欧洲的大门,并迅速在欧洲市场占有一席之地。

坚持手工织造,不断突破创新

很多人并不了解,金山丝毯之所以如此精美,就是因为手工织造过程十分艰辛——一块华美精致如工艺品的手工丝毯,要花费8到12个月甚至更长时间来织造。"卖出一条丝毯的利润只有5%。"程美华说。原来,每幅丝毯作品所需投入的人力、金钱成本都极大。金山丝毯采用天然蚕丝手工编织而成,用左手拉线、右手握刀,双手在经纬线前后左右穿插,编制8字扣,环环相扣,A4纸大小的图案就要手工打结14400个。据悉,一幅丝毯需要经过设计、放稿、点格、算色、配色、染色、拼丝、织造、平毛、剪花、整修、验收共12道工序完成,工艺精湛。

50年来,程美华及其团队坚持手工织造,正所谓"慢工出细活",只有坚守这样繁复的工序,才能达到金山丝毯独一无二的凹凸软浮雕效果。

值得一提的是,上海原来有七家丝毯厂,唯有金山丝毯厂挺到今天,程美华把生存之道归结于一个"活"字——就是敢于打破常规,做到人无我有、人有我新、人新我超。

作品 ❹：春意盎然

当代艺术挂毯《春意盎然》完成于2011–2012年。作品创作灵感来源于新疆喀什的胡杨景色，将大自然的神奇效果呈现在创作中，采用新工艺将叶子的层层叠叠凹凸有致——表现，呈现出生机蓬勃的生命力。作品参与大国工匠评选，获得"金项奖"。

例如，传统丝毯平坦如布，无法呈现丰富的层次。受到羊毛地毯的启发，程美华考虑让丝毯立体起来。但是一上手，她就意识到丝毯的原料蚕丝和羊毛不是一回事：蚕丝不如羊毛容易裁剪，传统织造技法难以让蚕丝成形。

于是，程美华去东北寻找强度更大、更富弹性的柞蚕丝。通过她和团队的技术研发，更富弹性、色泽更鲜艳的柞蚕丝编织出的丝毯效果远超桑蚕丝……程美华自豪地表示："从1987年开始，我们厂的丝毯连续五年在上海口岸六省一市的地毯质量评比中遥遥领先，拿到最好的分数，犹如中国女排'五连冠'那样神气。"

1994年，40岁的程美华当上了上海金山丝毯厂厂长，肩上的责任更重了。

波斯地毯颜色绚丽、日本丝毯淡雅清新、美国丝毯田园风浓厚，而中国丝毯只有富贵牡丹、龙凤呈祥等传统样式，形状也是单一的长方形或正方形。程美华打破固有思维，创造出椭圆形、

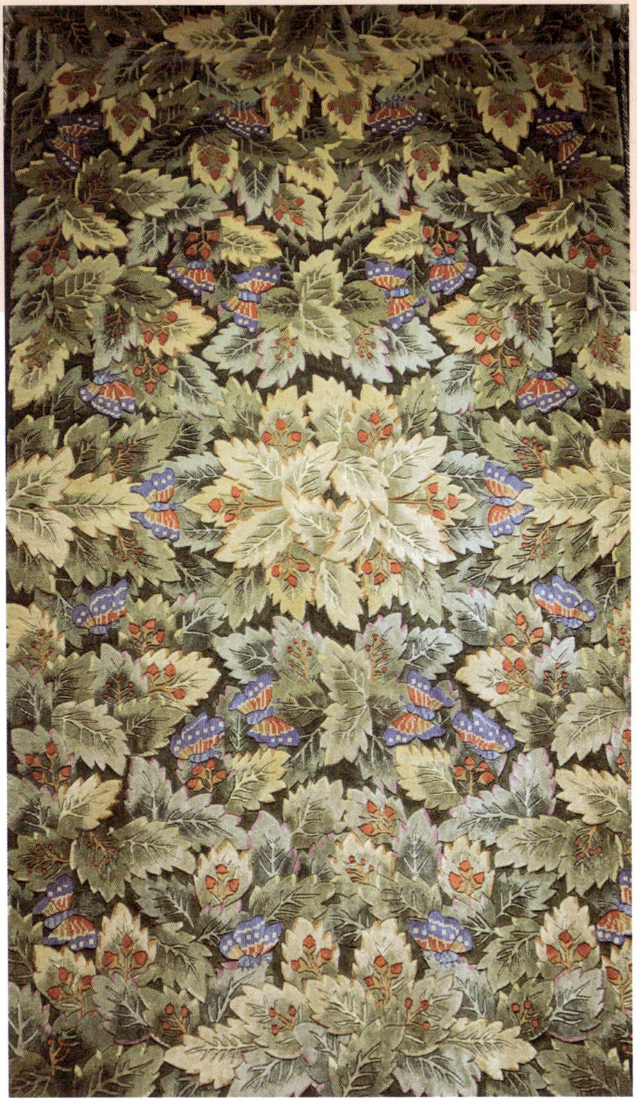

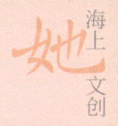

作品 ⑤：笑迎世博

《笑迎世博》完成于 1996 年 12 月 18 日。作品以喜迎世博会为创作主题，丰富丝毯艺术的表现力。将编、织、盘、拉、结的新工艺巧妙地融为一体，展现软雕塑的艺术魅力，推动手工丝毯非遗技艺活态传承。作品于 2010 年世博会期间在联合国馆展出，并被收藏，推动中华优秀传统文化走向世界舞台。

圆形、波浪形、布丁形等形状的丝毯，一下子让中国丝毯有了新样貌。

"有一年我和朋友聚餐，看到清香淡雅的'茶宴'就有了灵感。"后来，程美华又意外地在客户的仓库里发现一张凹凸纹路的席子，受编席技法的启发，她回到厂里立刻指导剪花工开始尝试……至

此，她研发的凹凸素配新工艺令丝毯不仅高贵淡雅，又有了软雕塑的3D视觉效果。这让金山丝毯厂在金融危机中存活了下来。程美华也因独创了海派艺术新风格而被艺术界誉为"现代艺术挂毯的开拓者"。

2003年，金山丝毯出国参展，刷新了西方人对东方丝毯设计单调、工艺落后的印象，轰动一时。客户和国外同行纷至沓来，首张150万元订单由欧洲越洋而至，金山丝毯由此享誉全球。

2008年，程美华运用新技艺创作了《鲤鱼跳龙门》，憨态可掬的鲤鱼跃然毯上，富有层次感的鱼鳞熠熠生辉，作品充满着生机与活力。2010年，《鲤鱼跳龙门》入选上海世博会收藏品，在世界舞台上"织"出了一片绚烂的色彩。

与此同时，金山丝毯也收获了大量的奖项和荣誉——2008年开始，金山丝毯连续六年获得中国工艺美术大师百花杯四次金奖、两次银奖。2015年中日文化交流期间，程美华的作品《寿字》被选中作为礼物赠送给了日本前首相村山富市先生，并获得日本最高艺术奖项。

程美华的金山丝毯连续多年获得中国工艺美术大师"百花奖"6枚、全国工艺美术创新"金凤凰金奖"3枚、全国"大国工匠金奖"3枚、全日本"国际艺术大奖"4枚。

从世博会到进博会，从APEC峰会到建党百年，不同主题的金山丝毯艺术品在这些重要场合展示，寄托了程美华对祖国的无限热爱以及对世界的美好祝愿。

老厂房变工坊,非遗"大师班"成网红

20岁接触丝毯织造时,程美华身边有不少年轻人。可现如今,这份技艺的熟练手大多上了年纪,厂区里的人也越来越少。"有一天我在厂房里转了一圈,从绘图、打版的设计师,到上机操作的编织工,都超过50岁了,整个厂区安安静静,像是个被遗忘的图书馆。"程美华回忆道。

为了吸引更多年轻人参与手工丝毯织造,也为了让更多人了解金山丝毯,程美华决定面向社会打开大门试试。从2018年开始,程美华把闲置老厂房改造为"非物质文化遗产保护传承基地"及"社会研学实践教育基地",边开放边完善她的体验课程。

在体验课程开设前的2015年,上海金山丝毯手工技艺入选第五批金山区非物质文化遗产代表性项目名录。而在程美华向社会打开工厂大门后的2019年4月,上海市政府公布了第六批上海市非物质文化遗产代表性项目名录和扩展项目名录,金山丝毯织造技艺名列其中。

东华大学有位中东来的男孩,想当然地认为中国丝毯不如伊朗好,但一踏入工坊大门,就被金山丝毯独一无二的凹凸软浮雕效果所震撼。听到学生们体验过后赞不绝口,东华大学校长兴奋地跟程美华通了一小时电话,邀请她开发大学生课程……

金山区教育局希望中小学生每周能到工坊学习,程美华便打磨了美华艺术三部曲——第一部"大师讲堂",程美华亲自分享

上海丝毯的发展史;第二部走进"中华手工丝毯技艺体验坊",体验丝毯技艺;第三部走进"成果展示厅",鉴赏金山丝毯精品之作。

为了提升孩子们的体验感,程美华把庞大笨重的机台刷成了明亮的橙色。为了降低学习门槛,她设计了色彩明快、图案简洁的12生肖和12星座系列图案。有的孩子深深迷上了编织丝毯,但是机台没办法带回家,善于创新的程美华立刻动起脑筋。2020年,66岁的程美华研制了一款"移动数码小机台",经纬线也被设计成标注有数字和图案的精致材料包。丝毯编织体验从此变得轻盈灵活,材料包还获评2022年"上海伴手礼"。

程美华还把金山丝毯的织造技艺传播到上海以外的地方——2013年,程美华沿着"一带一路",将经过革新的金山丝毯技艺传播到新疆喀什,那里有她的60名学生,至今仍在丝毯编织行业。如今,金山丝毯与安徽、江苏、山东等地的生产厂家保持紧密合作,不断为各地员工提供

> 只有坚守繁复的工序,才能达到金山丝毯独一无二的凹凸软浮雕效果。

技术指导。据不完全统计，程美华累计带教学徒超 1500 名，立志"要把毕生所学传授给下一代"。

与此同时，金山丝毯织造技艺的正式传承工作也在有条不紊地进行。"我只有一个儿子，他觉得妈妈最爱的不是他，而是丝毯。"程美华坦言，因为儿子眼睛不好，而手工丝毯十分费眼力，所以儿子不合适当传承人。不过，这么多年来，她已经有意培养了四个徒弟，其中两个是年轻人："我要观察他们能不能做，有没有耐性和独立性。"

从创新工艺到传承技法，程美华一生都在用针线编织前进之路。

手作 tips

所需材料：
蚕丝、经线、纬线、数码移动织机、耙子。

制作工序：
一幅丝毯要经过 12 道工艺流程，即"设计、放稿、点格、算色、配色、染色、拼丝、织造、平毛、剪花、整修、验收"。用经线在移动数码织机上上下环绕经线，为编织前打基础，然后在经纬线上画图。再用天然蚕丝在前后经纬线上编织 8 字形，让 8 字形按设计顺序排列，对照图纸、点格纸与经纬线的图画相对应，编织所需要的图案。一幅丝毯一平方英尺（约等于 30.48 公分），需要手工打结 14400 个 8 字结，工艺精湛、手艺艰辛。

上海绒绣

创新后的绒绣针法不仅能够绣制体量更大、题材更为丰富的作品，还能够表现传统油画风格和中国水墨风格。

李蔷
从工艺技法到使命传承

撰稿 | 姜浩峰

绒 绣

绒绣又叫"绒线绣"或"毛绒绣花",是用彩色羊毛绒线在特制网眼麻布上进行刺绣的一种手工技艺。它起源于西欧,19世纪末传入中国,20世纪初传入上海。上海绒绣有着工艺精细、针法多变、厚实缜密、层次清晰、色彩丰富、形象逼真的特点。

每天清早到位于浙江南路100号的恒源祥大厦以后,李蔷会先在办公室小坐一会儿。如果感觉对路,她会很快进入"入定"的状态。一针一线,几乎忘我……

从20世纪70年代初进入绒绣行业至今,李蔷便将生命倾尽在这一针一线之中。从绒绣厂开办的工业中学,到红星绒绣厂,再到恒源祥公司,50多年来,李蔷几乎没有一天停下手里的针线。如果说在绒绣厂参与的是工业化流水线生产,此后在恒源祥的岁月,李蔷则更像是一名画家——亲自挑选白绒线,亲自染色,亲自描图画样,最后亲自全程完成整幅绒绣。绒绣,在她手里似乎从一种"工艺品"向纯粹的"艺术品"过渡,更是在"小我"的"技

艺提升"到"大我"的"价值传承"上得以升华。

上海绒绣这一"东方油画"于2011年5月报经国务院批准，列入第三批国家级非物质文化遗产名录。身为恒源祥绒绣原创工作室首席绒绣工艺师、国家级非遗项目代表性传承人，李蔷认为，生命不止，绒绣不停……

从市少年宫到世界妇女大会

近些年来，李蔷亲历过一些重大场面，包括在重要的外交场合将她的作品呈现在贵宾面前。近距离与一些国家领导人接触，

作品 ⑥：八达岭——万里长城

此幅作品是一幅大型绒绣风景，用绒线细腻地刻画出专属于长城的雄伟壮丽，明暗颜色对比强烈，各处细节处理得十分耐看。2022 年《八达岭——万里长城》等非遗精品应邀亮相老字号品牌馆，生动直观地展现了上海绒绣的非遗魅力。

李蔷从不怯场。原因在于，早在她还是少先队员时，就因定期参加上海市少年宫的活动，接待过外宾。李蔷说，今天之所以能达到如此成就，离不开少年时期在工艺方面的学习和沉淀。

彼时在东昌中学读初中的李蔷被挑选进入绒绣厂开办的工业中学。在工业中学期间的学业很重，除了文化课以外，还要学习绘画基础，打好基础后的第三年，开始学做绒绣。待到毕业分配时，李蔷与十几名同学一起分进了红星绒绣厂。这无疑是对李蔷学习成绩的肯定。因为没能进入红星绒绣厂工作的同学，很多被分配到其他岗位，被迫改了行。可见在当年，培养、筛选合格的绒绣行业人才是件颇为严格的事。

红星绒绣厂的位置在如今的东方明珠塔附近。进厂以后，李蔷经历了三年的学徒生涯，工资每月是

17.84元。学徒期满转为正式工后，工资涨到36元。不过，比起挣工资，最令李蔷开心的，还是老师傅对她的评价与认可："这个小姑娘很会看颜色的——吃得准，胆大心细。"

回看上海绒绣的发展史——20世纪初这一行当从欧洲传到中国时，是相对简单的"毛线绣"。受苏绣等江南文化的滋养后，上海绒绣逐渐成为海派文化中一枝常开不败的好花。1943年，上海绒绣艺术家刘佩珍开创了中国绒绣创作人像的先河；20世纪五六十年代，上海绒绣的发展到达了顶峰，以高婉玉为代表的一批上海绒绣艺术家对绒绣进行了创新改革，创新后的针法能够绣制体量更大、题材更为丰富的作品，不仅能够表现传统油画风格，还可以表现中国水墨风格——绒绣的艺术表现力得到极大的丰富。李蔷正是师从绒绣名家高婉玉、唐根娣等人，逐渐形成了自己擅长人物肖像绒绣的风格。按照当年老师傅们对李蔷的评价——李蔷的创作，又快又好。如今回看，李蔷也坦言，对于绒绣者来说，能否成为业界高手，其性格天赋起到很重要的作用。

1995年，38岁的李蔷被选派参加在北京举行的世界妇女大会。她一开始并不想去，原因很简单——沉浸于绒绣制作中抽不出时间。然而，厂领导告诉她，兹事体大，市里在选派人员时，也许是看中了她有过接待外宾的经历，又或者看中了绒绣这门源自欧洲、发展于上海的工艺，需要有一位"代言人"在世界妇女大会亮相展示。总之，到达北京以后，在见到来自世界各地的女性领导人时，李蔷忽然感受到了一种超出技法以外的使命……

作品 ⑦：达·芬奇《抱白貂的女子》

此幅作品是恒源祥绒绣原创工作室绒绣名画系列之一，原作是列奥纳多·达·芬奇最著名的画作之一。恒源祥绒绣原创工作室通过精湛的技艺再现了原作的神韵，体现了海派绒绣"东方油画"的风采。

作品❽：浦江朝晖　　创作者：唐明敏

上海绒绣巨幅艺术壁画《浦江朝晖》由国家级非遗传承人唐明敏带领20余位传承人和资深工艺师，历时312天，新染1257种共计183公斤的原色羊毛绒绣，施针630万余针完成，作品净重79公斤。作品以黄、红色为主调，细节变化巧妙，写实和写意结合，艺术手法浪漫和谐，整个画面展现了上海浦江两岸鳞次栉比的楼宇和城市的繁华景象。100多种色线绣制的天空浮云，形成浮云与摩天大楼的"动""静"对比，展现了金碧辉煌、气势壮观的浦江美景。

唐明敏

上海绒绣国家级非遗代表性传承人。作品包括江泽民出访美国时赠给美国前总统乔治·布什新落成的图书馆收藏的国礼绒绣《邓小平会见布什》,被宋庆龄基金会收藏的由黑、白、灰三种羊毛绒线色系绣制而成的绒绣作品《国母宋庆龄》,为纪念陈云同志诞生 100 周年现收藏在陈云纪念馆的绒绣作品《陈云像》等。

从绒绣厂到恒源祥的涅槃

然而事态发展,瞬息万变。随着浦东开发开放进程的加速,已从陆家嘴搬迁到杨思的绒绣厂,面临关门闭厂的境地。李蔷是红星绒绣厂最后一个离开的职工,还在认真完成厂里最后一份订单——一幅《黄浦江外滩风景》。对于干了半辈子绒绣,尤其热爱这门技艺的李蔷来说,心里十分难过。

就在这时,上海工艺美术研究所的领导告诉她,恒源祥公司希望引入绒绣,可以去试试。李蔷心想,毕竟是一家以产销绒线起家的老字号企业,也许可以让她在绒绣这条道路上继续走下去。怀揣忐忑和期许,李蔷入职了恒源祥。

刚到恒源祥,李蔷心里凉了半截。公司是"绒线大王"不假,但绒绣创作可谓"新"起炉灶,相比于在原来的工厂采购、染色、配色、设计、修改等流程都有专门的部门或人员分工负责,恒源祥所有的工序都得亲历亲为、独立完成。这种情况也倒逼李蔷长了很多本事——在工厂从没有准备过原材料的她,学会了采买白绒线和颜料,凭借在工业中学打下的较好的美术底子,硬生生用最简单的三原色调配出丰富多彩的颜色,并染出了作品所需要的各色绒线。在创作过程中,从画设计稿到后期的修改,李蔷摆脱了对设计师的依赖,学会了独立思考、独立判断、独立创作,转型成为一个全能型的创作者。

渐渐的,李蔷感觉自己在进行的不是工艺品的绣制,而是艺

作品❾：西部风情　　创作者：唐明敏

该作品是用近 10 万针数的绒绣艺术品。蓝本是一张彩色照片，由唐明敏精心绣制，反映我国西部地区人文习俗和劳动的场面，画面构图紧凑，人物表情丰富，极具地域特征和艺术趣味。作品荣获 2022 年杭州西湖博览会第三届中国工艺美术大师作品暨国际艺术精品博览会银奖，2004 年首届上海市工艺美术精品，也是唐明敏申报中国刺绣艺术大师、上海绒绣国家级传承人的代表作。

术品的创作了。这种感觉不仅来自她技艺上的精进，还来自恒源祥让她绣制作品的初心。在原来的工厂，她的工作更接近于生产，满足订单的需要，但在这里，大家追求的是非遗的价值传承和绣制背后的意义。

2000年初刚到恒源祥时，第一组作品就来自恒源祥为党和国家第一代领导人的纪念馆绣制并捐赠伟人绣像，包括毛泽东、周恩来、朱德、刘少奇、邓小平、陈云等；而恒源祥作为奥运赞助商，为了传播好奥运文化，计划为国际奥委会历任主席绣制绣像，并进行展示和捐赠。为这些有影响力的知名人物绣像，还要进行大范围的展览展示，李蔷觉得既骄傲又压力巨大——只能成功，不能失败。

众所周知，在绒绣中难度最大的是人物绣像，而人物绣像中，最难的就是名人绣像。因为大家对名人太熟悉了，绣得好不好一看就知道，所以需要创作者精准把握人体构造、人物神态，并对色彩有敏锐的直觉，否则就会出现"不像"这种重大失误。李蔷记得在绣周恩来总理时，拿到的照片中总理已经是晚年病中的样子，面容相当憔悴。为了绣出人们心目中总理"全心全意为人民服务"的精气神，她在原稿照片的基础上进行合理的优化调整，决定去除不必要的斑点，但保留总理脸上岁月的痕迹，并在神态上做了细微的调整，让眼神更加坚定而富有神采。

绣制国际奥委会前几任主席绣像时，难的则是原稿多为黑白照片。"绣黑白作品比绣彩色作品更难！"李蔷坦言，所有颜色全是自己手工调染,各种层次的黑、白、灰的过渡,也是用三原色调出。是调得更偏青一些的黑白,还是更偏暖调的黑白,手下功夫毫厘不可偏差。

在"大我"中传承奉献

如今的李蔷,早已退去了年少时的青涩,多了岁月赋予她的气韵和从容。2015年,她被评为绒绣国家级传承人。除创作外,年近花甲的她想得最多的就是技艺的传承,虽然身边已经收了两名90后的科班生,但她总觉得绒绣有点"养在深闺人未识",她希望更多的人能走近绒绣、了解绒绣,甚至爱上绒绣。

恒源祥遂了她的心愿。公司为传承好绒绣,策划了为期10年的"同心向党 共绣红旗"系列活动,在新中国成立70周年、建党百年以及建军百年之际,组织社会各界用绒绣的方式绣国旗、绣党旗、绣军旗。

2021年是个举国欢庆的年份,也

> 绒绣是艺术创作,是有思路和情感的。

作品 ⑩：亲密战友

该作品为庆祝中国共产党建党100周年而作，展现了马克思和恩格斯共同创作《共产党宣言》的场景。作品用了2000多种颜色，绣制了61600多针，以"东方油画"的形式再现了共产主义最亲密战友间的伟大友谊，此作品永久收藏于《共产党宣言》情境教学馆。

是让李蔷永生难忘的一年。为了迎接建党百年，恒源祥"同心向党 共绣党旗"活动面向全国征集绣制100面党旗——由恒源祥提供绣制工具、绒绣培训等方面的服务，邀请全国100家党组织承绣。活动很快在上海全市及全国铺开，作为活动的非遗指导老师，李蔷的身影出现在全国多个省区市100多场活动中，走进机关、学校、企业、社区、部队……与各行各业的人士讲解绒绣这门技艺和背后的故事。她的身躯仿佛又一次注入了全新的血液，那是荣誉和责任加身后的精神升华。

在如此繁忙的巡绣工作中，李蔷不顾疲惫，硬是挤出时间，奋战100天完成了国防大学政治学院的绣制邀请，为其《共产党宣言》情境教学馆绣制了一幅反映马克思、恩格斯伟大友谊的作品《亲密战友》。绣制这幅作品除了时间紧外，创作也异常困难，因为原稿像素不高，比较模糊，色彩也不理想；此外，在不大的尺幅中还要"装"进去两个完整的人像，再加上丰富的场景内容，难上加难。李蔷为了"抢"出作品，几乎到了废寝忘食的地步，她说"绒绣是艺术创作，是有思路和情感的"，她不想被吃饭、喝水、上厕所打断。既短又长的100天，李蔷用2000多种颜色、61600多针，忠于原作又高于原作地将两位伟人商讨《共产党宣言》时的场景生动地展现在人们面前。据《共产党宣言》情境教学馆的工作人员介绍，这幅绣像是镇馆之宝，也是馆中人气最高的展品，但凡参观者知道这是用绒线绣出来的，都不敢置信、大为惊叹。

也许是受"共绣红旗"活动及《亲密战友》的感召，2021年

6月22日,在"同心向党 共绣党旗"成果发布会上,她向党组织郑重地递交了入党申请书,也向大家介绍了坚持绒绣半个多世纪,一路走来的心路历程和精神蝶变:从技法到艺术,从学艺到传承,从小我到大我……2023年李蔷正式入党,成为恒源祥集团党委最年长的新党员。

如今,多了党员身份的李蔷,更加忙碌了,创作、培训、带徒、展示……但她也乐在其中——择一事终一生,不舍初心,继往开来。

手作 tips

所需材料:
麻布、绷架、毛线、针、剪刀、铅笔、橡皮等。

制作工序:
1. 放样:在图稿上打 1×1cm 的格子,确定放大的比例,以确定麻布大小。
2. 上绷架:麻布上画好放大的格子后上绷架,要求麻布硬挺。
3. 配线:分析图稿色彩,按图稿色系由深至浅、由亮到灰把毛线选好。
4. 绣制:依据图稿进行绣制,在涉及物体的大小时要用尺子测量距离,做到精确定位。
5. 裱框:按照绒绣作品的风格选框,装裱。

徐行草编

> 作为新一代非遗传承人,除了在技艺上精益求精,更重要的是要守正创新,拥抱时代变化。

王勤
古法创新,传承国潮

撰稿 | 吴 雪

草编

徐行草编是一种传统的民间编结手工艺。当地民众习惯使用本乡出产的黄草秆茎编织生活用品。早在清代，徐行编制的嘉定黄草拖鞋即已远销欧亚各国。徐行草编制品色彩丰富，样式美观，使用轻巧方便，地方特色鲜明，乡土气息浓郁。

几根黄草看似简单，在王勤手指间上下翻飞，不一会儿，就勾勒出纹理清晰、有着漂亮花纹与形状的杯垫。编完一块花样，她又拿出一摞长一米多的柔软黄草，淋上水备用。用黄草制成的作品，名为徐行草编，诞生于嘉定，从遥远的唐代出世，兴盛于明清，一直走到了21世纪的今天。

走进上海市嘉定区的徐行草编工作室，满屋散发着草本植物的自然气息。一楼展厅内，陈列柜中的草帽、隔热垫、提包、挂饰等草编作品琳琅满目，乡土气息和民族特色跃然，表达着自然

和工艺之美。

徐行镇素有"黄草编织之乡"的美名,作为土生土长的徐行人,以及"徐行草编工艺"上海市级传承人,王勤干这行已有30多年,见证了徐行草编从鼎盛到衰落的过程,并深感忧虑。对大众而言,"非遗"两个字似乎天然带着一种上古的、静态的气息,如何把非遗草编的业态盘活,让它更好地传承下去,并且让这些草编作品从展示柜里的工艺品成为在市场上流通的商品,都是王勤不得不思考的问题。

作品 ⑪：一大会址纪念馆模型

🌀 作品融合了革命历史与民间艺术，以中国传统建筑风格为基调，采用红色和灰色砖块模拟真实质感，黑色瓦片屋顶更显古朴典雅。细节之处尽显匠心，连门扣手都是草编而成，小至小拇指的指甲盖大小，精致入微。旨在通过草编技艺，重现历史建筑的韵味，让人们感受那段峥嵘岁月，传承红色文化。

从小熏陶，种下一颗种子

黄草，一种生长在嘉定区徐行镇的特有植物，因晒干后色泽淡黄而得名，经过采割、去苋、开劈、搓绞、染色等复杂工序，可成为适合手工编制的原料。

徐行民间流传着一句俗语，"编筐打篓，养活九口"。黄草编织曾是徐行农民的主要副业。在徐行镇劳动村出生的王勤，从小就从母亲潘静珍手中习得草编技艺。王勤记得，儿时村里几乎家家户户种黄草，从七八岁的儿童到七八十岁的老人都会做草编。那时候的她就喜欢看妈妈和奶奶编制草编作品，等长大一点后，她开始帮妈妈打打下手、搓搓绳。

20世纪70年代，徐行草编很盛行。鼎盛期，徐行草编艺人达万人之多。从那时起，草编的种子在王勤心里扎下了根。到了中学，王勤跟着大人做的草编作品拿到市场上出售，当时她还用自己草编换来的钱买了一条新裙子。随着年

龄增长，王勤的技艺越发成熟，可热爱手工的她，并不满足。

有一次，王勤拿着作品去向黄草编织设计大师计学成请教。计大师当即指出作品的不足之处，王勤回家之后反复琢磨修改。第二天，当她再次把作品拿给计大师看时，大师已经找不出毛病了。后来，随着大量工业品进入市场，草编制品渐渐淡出人们的生活，以草编为生的手艺人也越来越少，草编成了一项被遗忘的技艺。

20世纪80年代后期，王勤进入皮鞋厂从事设计打样工作，成为一名现代化的手艺人。可她对草编仍然念念不忘。在工作之余，王勤经常去"阳光工坊"向徐行草编上海市级传承人计学成学习草编技艺。她说："草编技艺看起来很枯燥，但里面学问很多，经纬度要掌握好，还有力度，如何做到平整。"

2008年1月24日，徐行草编被正式列入国家级非遗名录。2010年，徐行草编大师计学成开始寻找接班人，沉稳内秀、草编技艺娴熟的王勤进入了他的视野。"当时计老问我愿不愿意跟他学习，我说当然愿意。我爱草编，也希望通过自己的努力，带领更多草编手工艺人在传承与创新的道路上前进。"

2014年，王勤拜师计学成，正式接手徐行草编名师工作室。在老一辈草编大师的传承下，王勤的编织技艺日益精进，目前，草编工作室共有十几人从事草编工作。

10年时间，王勤凭借出色的技艺，荣获了上海市"五一"劳动奖章、嘉定工匠、上海市劳动模范、上海工匠等称号。其作品

作品 ⑫：草编日用品系列

该作品将徐行草编与生活日用品结合,"福"字果盘、梅花糖果罐、花瓶、杯垫杯套组合等,运用了多种编织纹样、编织方法,将传统的黄草编织与现代生活联系在一起,感受黄草编织的魅力。

《花开富贵》在中国第五届非物质文化遗产博览会传统技艺比赛草柳藤编组中荣获第二名;她参与设计编织的草编提包参加2010年世博会秀空间展示,草编灯笼入选2013年"春动徐行"民俗文化之旅展示,草编拖鞋参加2014年"中国梦·美丽嘉定"嘉定区文联创作及工作成果年展开幕式展示。

作品 ⑬：与皮具结合的草编背包

将传统的黄草与现代皮具相结合，尝试将传统的非遗技艺与现代工艺相结合，增加产品的实用性和美观性，徐行草编融入现代皮具，焕发新的光彩。

古法创新，源自上百次试验

非遗传承人的接棒，让王勤肩上多了一份沉甸甸的责任：如何让草编作品更受欢迎？她开始试着让徐行草编"跨界"，寻求更多突破。

徐行人人都有一双巧手，但要拿得起一根长一米多的黄草，也不是一件轻而易举的事。用黄草编织大师的一句话说就是："易学难精。"可能用两三天时间，就学会了黄草编织，但要使黄草

从你手里变得有价值,就难了。

　　据王勤介绍,由于现在草编收益低,徐行鲜有农户自行种植黄草。为了保证徐行草编的原料,政府专门开辟出一块土地进行黄草种植。黄草光滑柔韧,可剖劈揉捻,只在徐行一带河滩上生长,移植他处,便会水土不服,进而夭折。

　　但也正是由于黄草质地柔软的缘故,在编织时就特别考验匠人们的指尖功夫。力气大了易断,力气小了又会走形。所有的感觉都是靠指间体会,这不是一朝一夕可以学会的,需要几年甚至几十年的积累。

作为新一代非遗传承人，除了在技艺上精益求精，更重要的是要守正创新，拥抱时代变化。例如，"传统文化+草编"，用草编展示民俗文化的孔夫子周游列国；"潮流时尚+草编"，将黄草与竹、皮等材质结合的龙凤果盘等作品应运而生。

王勤还创新探索了从传统平面编织转向立体编织，将草编与

作品 14：草编红船模型

其他元素完美融合。"我们结合金属、竹子等不同材料,采用3D打印建模等新兴技术,把传统工艺与现代元素相结合,既有体现传统审美的作品,比如草鞋、草帽等,还有体现时代精神的作品,比如时尚挎包、家居装饰品等。"

王勤说,有时自己与团队会为了一件新作品而反复尝试,创新灵感则常常隐藏在这上百次的试验中。2021年中国共产党建党

该作品是在建党百年之际由草编传承人带领团队精心制作完成。通过精湛的草编技艺,制作者们将革命历史的深刻记忆巧妙地编织进每一个细节中,以精致的细节和传统的中国红色调,彰显革命精神与活力。这款草编红船模型不仅是对革命先烈的崇高致敬,更是对革命精神的传承与弘扬。

作品 ⑮：草编茶具套装

作品以天然草编技艺为特色，将传统工艺与现代审美巧妙结合。茶具的外观设计采用草编元素，呈现出独特的纹理与质感，既保留了草编的自然气息，又彰显了手艺人的精湛技艺。这套茶具的设计理念强调实用与美观的并重，承载着对传统手工艺的敬意与传承，旨在为人们带来品茗的新体验。

百年时，王勤决定用草编制作一艘南湖红船。然而，黄草柔软的材质总让船篷变形。编织立体的船身难度不小，而且没有现成的比例数据。制作期间，船体的许多部件被反复拆分了多次，其中以船舱编织最为困难。

"刚开始，我们设想是由几块草垫拼接起来，但发现拼接缝隙过大，后来转为一体编织，并把3D打印现代科技融入草编之中，才把问题解决。"不断涌现的佳作，也让工作室与徐行草编逐渐走进大众视野。这几年，工作室的草编作品受邀参加第45届世界技能大赛、伦敦手工艺展、中国非物质文化遗产传承人研习培训计划优秀成果展，多件作品被上海市和嘉定区档案馆收录。

不忘初心，弘扬传承草编文化

王勤深知，徐行草编这一"化腐朽为神奇"的传统技艺或许正面临失传的困境。她坦言，非遗技艺不只是"旧"的，还可以"新"起来，徐行草编在现代社会要传承，更要有魅力，就必须不断创新，使传统草编焕发出新的生命力。

跟随师父计学成十余年的时间里，王勤亲眼目睹已经上了年纪的师父骑着电瓶车，穿梭在各个乡村间，教一些村民画图纸，指导他们草编。"当时看到师父这样不计酬劳，全身心付出想把这项技术传承下去，我深受感动，当时就想着我一定要将她的这份传承之心继承下去。"王勤说,"肯定要有年轻人把这个接力棒接下来,通过他们再来带动下一代的年轻人。"

目前,徐行镇的黄草编织手艺人在200到300名之间,她们中绝大多数为退休妇女。年轻一代中掌握这门技艺的少而又少,在王勤的"草编名师工作室"里,仅有两名85后全职从事草编工作。

2017年,同济大学组织了一个传承人的研修班,王勤也获得参与机会。当时,王勤和竹编老师合作,做了一个竹编和草编结合的龙凤果盘,不仅获得了走出去的机会,也在年轻人的关注度上提高了声量。之后,王勤每年都会组织一个培训班,从中挑选一些年轻力量加入传承队伍。

手作 tips

开劈
由于黄草茎秆较粗,必须经过开劈,使黄草茎秆变成2-4毫米的细茎,作为编织的原材料。

染色
要编织出色彩缤纷的黄草织品,需要对开劈好的黄草原材料进行染色,再用清水漂洗,随后晒干备用。

搓绞
为了增加黄草的韧度和牢度,延长黄草织品使用寿命,可以对开劈染色后的黄草进行搓绞。搓绞既可以手工进行,也可以用绞绳机提高效率。

在王勤看来，长期以来，草编在徐行地区是一个生产和加工的业态，最薄弱的环节在于销售。草编经历这么多年，随着人们的使用方式和审美的变化，需要一个升级。"我们现在要做的是重新设计出年轻人喜欢的、时下国潮流行的东西，能够以商品化的形态，而不是工艺品的形态销售出去。"王勤说。

2019年，为了不断拓展销售新路子，上海徐行草编文化发展有限公司成立。王勤让工作室成员兵分两路——制作与研发销售：制作团队大多是徐行当地的草编手艺人，编织技艺成熟；而研发销售团队则负责草编新品研发与销售。两支队伍将工作室打造成了一个集研发、编织、销售、推广于一体的创新平台，使徐行草

模具

编制不同的草编织品，一般需要选择相应的模具进行编织。按照形状，模具主要分为拖鞋模、茶杯模、提包模、果盒模等。按照材质，模具主要分为木模、竹模、泡沫塑料模等。

编织

不同的黄草织品，编织方法不同，一般需要经过起底、装模、编面、结口、缝边、装配件等步骤，才能最终形成一件精美的草编织品。

编实现了从文化现象向文化产业的全新蜕变。

王勤深知,要使草编文化发扬光大个人的力量是渺小的。作为一项非物质文化遗产,徐行草编近年来得到了政府的大力扶持,提供专款用于保护传承。但要让它成为一个真正的活的业态,不能被动地依靠政府。

为更好地传承和发扬草编技艺,王勤又参与录制了《海派百工》等十多部教学片和纪录片;还主动参与非遗进校园、进社区、进企业等培训指导活动。工作室也连续多年举办徐行草编传承人培训班,只为培养新一代编织能手。

值得一提的是,王勤的女儿诸嘉艺从师范院校毕业后,进入徐行小学任教,凭借掌握娴熟的草编技艺为孩子们开设了草编兴趣课。如今,母女俩共同致力于徐行草编技艺的保护与传承工作。

> 非遗技艺不只是『旧』的,还可以『新』起来。

线带编织

宋荣耀
崇明线带编织的织梦人

撰稿 | 陈 冰

这位织梦人,用她的坚持和创新,让崇明线带编织这门古老技艺在现代社会焕发出了新的光彩。

线带编织

崇明线带编织技艺较悠远,编织全凭手工,体现了当时崇明较为先进的农耕文化。各种手工编织的精美线带,配置在用崇明土布设计加工后制成的工艺品包上,作为背包带、腰带、手机链、钥匙扣等,具有独特的魅力。

在崇明区竖新镇仙桥村,一片金灿灿的水稻田旁,坐落着一个充满传统韵味的手工社——木棉花开。在这里,非遗传承人、木棉花开手工社创始人宋荣耀带领着一群热爱手工艺的人,将崇明线带编织这一传统技艺玩出了新花样——手环、包带、书签、各式各样的包袋、抱枕、靠垫、窗帘,甚至大型装置艺术品……

年轻人眼里又土又老的土布与线带编织技艺,在这里被赋予了崭新的生命。它带着岁月流淌的痕迹,带着手工艺人手中一针一线的余温,继续在我们的生活中诉说着一代又一代人对生活的热爱与对美的追求。

游客和手工爱好者,可以在手工社体验"线带编织""染布

织布"等多个非遗项目。经过一次次灵巧的缠绕,一簇簇细线逐渐变成一条条时尚的线带编织手环、余味袅袅的香囊和精致高雅的包袋。

寻根

老布、老白酒、老毛蟹,并称为"崇明三老"。在这"三老"中,老白酒、老毛蟹仍活跃在日常生活中,老布仿佛离现代人越来越远,被藏在了许多崇明人的箱底。

作为本地人必备的嫁妆,从种植棉花到纺纱成线再到染色织

作品 16：织带化妆包

几股纱加捻成线、几根线浸染成色；一个竹制的筘、一把木质的梭，经纬交错，编织成案。编织而成的线带，具有鲜明的节奏感和装饰效果。经纬交织与提花技术的交替使用，形成连续的花纹。

布，以蓝色为主的崇明土布写满了母亲对女儿无尽的爱。过来人常常会说，寻媳妇看织布名堂。在20世纪初，崇明土布纺织业达到鼎盛时期，几乎家家户户都有织布机。织布的花色、纹样，更是每家每户都有自己的特色。

随着土布纺织技艺的提高，心灵手巧的农妇们可以织出的花式品种越来越多，同时也逐渐产生了一种线带编织技艺——将几股纱加捻成线，再将线染成各种颜色，然后用筘和梭子编织成有各种图案和花纹的线带。这些线带主要用作包袱带、系腰带和成人及儿童的转裙带等，体现了高超编织技艺的线带不仅具有实用性，更兼具装饰性。

后来，因制作工序烦琐，且布料颜色厚重，花纹不符合当代人的审美需求，崇明土布和线带编织渐渐从人们的生活中消失了。但在喜欢的人眼里，这些土布都是蕴含着岁月积淀的无价之宝，线带编织技艺更是充满了无限可能。土生土长的崇明80后宋荣耀就是其中之一。

十几年前，宋荣耀还是新河镇政府的一名工作人员，朝九晚五的工作十分稳定，业余时间她慢慢喜欢上了手工艺制作，在一位老师的影响下，她先是对木花贴画产生了浓厚的兴趣，天生心灵手巧的她制作的作品栩栩如生，饱受赞誉；与此同时，宋荣耀更传承了母亲对于崇明老布和线带编织技艺的热爱，她不仅跟着妈妈开始学习纺纱织布，遍访崇明的织布高手和线带编织传承人，还专程学习相关的理论来提升自己的制作水平。

宋荣耀说，顾名思义，线带编织就是一根带子的编织。它的编织原理与最基本的二页综织布是一样的。只是织布用到的织布机是大型的工具，而线带编织用的是一个小小的竹子做的筘和一把梭子，织布机织的布是宽的，线带编织织出的是一根窄窄的带子。线带编织的技法比较复杂，简单而言就是先完成棉线在编织板上的固定，根据线带的宽窄，一般可在竹筘中嵌入15—21条颜色各异的线，然后用竹筘对经线进行梳理，再将一个颜色的线绕到梭子上，作为纬线。用梭子通过上提和下压将经线分层，穿入纬线，挑出花纹，最终编织成一条条精美的线带。

由于手纺纱粗细不均的天然肌理，经过不同的编织手法编织成的线带会产生粗狂与精细并具的自然美，这是现代编织刻意模仿却难以达到的。在当下，以线带编织技艺编织而成的线带，除了以几何图形见长，更强调鲜明的节奏感和装饰效果，经纬交织与提花技术的交替使用，穿插组成菱形、回纹等各种图案，突出了线带的美感。

宋荣耀说，除了用数字化的方式记录传统纹样的编织手法，还在传统的基础上出现了许多新变化，既有传统的芦扉花格子，象征着"路路通"；也有工艺复杂的桂花心格子，精致细密；还有近年来非常流行的植绒工艺，让产品显得典雅大方……

在木棉花开的手工社里，一卷卷图案精致的织带、扎染的桌布、经典的蓝色沙发套、印花的餐巾纸盒、芦扉花纹的窗帘、身形巨大的长颈鹿椅子、仙人掌盆栽，还有宋荣耀身上的土布衣衫，

作品 17：崇明线带编织

根据土布纹样的花色设计的织带，蓝白相间，中间形成小花的形态，两头自然流苏，编织成的线带具有粗犷与精细并具的自然美。

作品 ⑱：堆叠绣杯垫

此款土布杯垫巧妙利用堆叠绣的技法，方寸之间可以看到层层叠叠的尖角细密规律地排列，有强烈的立体感，画面工整均匀，犹如一朵向日葵。

无不彰显着崇明土布与线带编织的独特魅力与无限可能。

织梦

为帮助更多人，2013年，宋荣耀成立了一家手工坊，成员逐渐扩展到单亲妈妈、居家灵活就业女性和许多手工爱好者。宋荣耀为手工坊取名"木棉花开"，她说名字的灵感来源于舒婷的《致橡树》，她想鼓励广大女性像木棉树一样独立自主，努力创造自己的美好生活。随着手工社的名声越来越响，成员越来越多，家庭小作坊的空间不再能容纳更多的作品，宋荣耀的时间和精力也无法兼顾工作和工坊，经过一番思想斗争，最终她选择了全心全意陪工坊成长。

2016年，木棉花开正式"落户"竖新镇仙桥村，2021年12月，宋荣耀正式成为崇明非物质文化遗产项目线带编织的代表性传承人。宋荣耀感慨，就在几年前，这里还是破旧闲置的晒谷场仓库。经过近3年的精心布置和装修，这里成为集纺织技艺展示、染色植物种植以及科普示范、陶艺创作、益智图、编织技艺等为一体的民俗文化体验工坊。

工坊门口的立柱格外引人注目——这是由灶花传承人按照芦扉花布的纹样画出来的。工坊内部陈列着多架改良后的小型织布机、老式木质织布机以及筘和梭子，体验者可以学织布和线带编织，一梭一线之间，伴随着咯吱咯吱的声音，编织顿时变得生动起来。

手工坊没有严格的上下班时间，不论是老人还是青年，接受培训后都能领取布料回家制作，计件验收合格即可获得几十元到几百元不等的报酬。宋荣耀说，通过"传承人带头＋培训计件＋村民参与"的模式，木棉花开已带动了300多人灵活就业，年销售土布文创产品5万多件，包括手环、布包、围巾、衣服、摆件等。

对于作品的设计，宋荣耀毫不藏私，结合当下年轻人感兴趣的国潮元素，推出了大量"叫好又叫座"的文创产品。她还鼓励大家燃起生活的激情，感受生活的精彩，做出属于自己的原创设计。

创意工坊不仅帮助家庭主妇重新实现个人价值，更帮助残障人士开设"无声有爱"项目，为他们开展手工技能培训，帮助他们实现灵活就业，实现"助人自助"的目标。

作品 ⑲：祖母拼布包

祖母花园是古老的拼布图案。主要由六角形组成，是六角形拼布中代表性的花朵图案。在经济萧条的时候，祖母从家里翻找碎布块，缝到一起，实惠又实用。

作品 20：茶席与书衣

悠久的茶业历史积累了许多的文化传承。在品茶时摆放好书籍，为书本披上"外套"，就不用担心书本是否会被茶水打湿。书衣上纵横相间的细腻纹路，透过毫厘的缝隙，编织出一片通透与明净，在感受茶文化的同时也可以在书海中遨游。

跨界

除了线带编织技艺，宋荣耀在木棉花开工坊一角还特别开辟了植物染色科普示范区。只见织布机旁摆放了很多玻璃瓶，里面装有槐米、核桃皮、艾草等。这些本土常见植物可以被用作染色原料，运用到土布、线带等物品上。工坊向游客开设植物染色课程，通过染色体验，人们可以进一步了解中国传统织染技艺。

很多年前，宋荣耀就知道废弃的咖啡渣也能进行染色，只是一直没有实践的机会。如何把咖啡渣当作染料实现变废为宝？宋荣耀的崇明土布工坊和星巴克跨界组织了一次咖啡渣"不渣"社区公益项目，推广宣传环保和可持续发展的理念，同时帮助听障人士学习植物染色技能。

大家用从星巴克门店回收来的咖啡渣，在工坊老师的指导下，尝试在提前准备好的丝巾、土布杯套等布料上进行染色，并用明

矾和皂矾进行媒染，从而呈现出浅浅的卡其色或是墨绿色，有种古色古香的韵味，仔细闻还有淡淡的咖啡香。

"喝咖啡已经成为时下年轻人的一种生活习惯，但是很多人并不知道其实咖啡渣还可以用来染色，而且咖啡渣染色在家里也很容易实现。"宋荣耀说，咖啡与土布的碰撞，产生出不一样的花火，更多的人从此遇见非遗文化，感受到手工艺人的匠心和爱心。

2023年5月，宋荣耀应云南省临沧市凤庆县文旅局的邀请，前往凤庆游学。当时恰逢当地传统的"茶叶节"，漫山遍野的天

然茶树吸引了对茶文化有着浓厚兴趣的宋荣耀，同时也让结合非遗手工技艺与茶文化，打造传统文化体验空间的想法在她的脑海中渐成雏形。

2023年10月底，宋荣耀又一次踏上了云南之旅，这次，她要在凤庆县安石村建立紫薇花开工作室。根据云南当地布料以棉麻布为主要原料的特点，她专门赶制了一批以纯色棉麻布为底，以茶叶为植物染料的窗帘，希望之后走进紫薇花开工坊的游客都能看到手工艺技术和茶文化跨界碰撞出的精彩创意。

这一次，宋荣耀还拜访了不少苗绣能手，在惊叹于苗绣之精美的同时，宋荣耀也敏锐地察觉到，苗绣服饰制作工期漫长，样式也与现代审美脱节。无法快速量产的短板注定了手工苗绣服饰无法为当地的绣娘们带来更多收入。她开始思考如何为传统苗绣引入新生活力。宋荣耀想到了再度复制木棉花开的模式，由木棉花开提供创意、打样并完善制作教学流程，然后由紫

> 线带编织技艺充满无限可能。

薇花开工作室组织当地绣娘参加学习培训，以苗绣工艺完成产品加工，将土布与苗绣两项非遗技艺融合一体，让滇红、苗绣等非遗文化以新的形式走出大山，走进更多人的生活。

从木棉花开到紫薇花开，宋荣耀，这位织梦人，用她的坚持和创新，让崇明线带编织这门古老技艺在现代社会焕发出了新的光彩。她的故事，就像她手下的土布与线带编织，经过一次次的缠绕、染色，最终织成了一幅幅美丽的画卷，诠释了传统与现代、文化与生活的美好融合。

手作tips

所需材料：
棉线、竹箱。

制作工序：
1. 剪取经线：找出相应颜色的线，剪取相同长度的经线。
2. 穿筘：将经线按排列图的顺序分别穿入竹箱中，从中间往两边穿，保持所有经线穿好后在竹箱的中间位置。一排经线穿在竹的小孔中，一排经线穿在竹箱的长槽中，穿好的经线形成两层分层。
3. 平织：将穿好的线头对齐，梳理在一起打结，并固定在桌脚或其他固定物上，然后梳理另一端的经线，绷紧拉直后在另一端也打结，绑好绳子，固定在编织者的腰部。在梭子上绕好需要的纬线，然后编织所需要的图画。

面塑

坚守与革新，让经典的手艺焕发出更时尚、更鲜亮的光彩。

张书嘉
小小的面人，大大的梦想

撰稿 | 孔冰欣

面塑

面塑俗称捏面人。中国传统的面塑艺术早在汉代就已有文字记载,经过几千年的传承和经营,早已是中国文化和民间艺术的一部分。清末,上海民间流行起用面粉捏成色彩鲜艳的物品作为供果,具有海派风格的上海面塑最初就是从这种手捏花色糕点"面花"演化而来,已有百余年历史。

中国的面塑艺术历史悠久,源远流长。最初,面塑即是面粉加彩后捏成的趣奇小玩意儿,也被寄予了各种美好的寓意与祝福。发展至今,面塑艺术愈加百态千姿、多元开放,并作为珍贵的非物质文化遗产受到前所未有的重视。

海派面塑第三代传人张书嘉师从知名面塑艺术家、海派面塑开创者"面人赵"赵阔明之女赵凤林,始终致力于我国面塑艺术的传承与发扬,以亲历者、教育者、传播者的三重身份,为古老的面塑赋能新时代的活力因子。

2017 年,张书嘉荣获"上海市终身学习典范"提名奖;2020 年,荣获"全国百姓学习之星"称号;同时,她还荣获

2019-2020 年度上海市三八红旗手称号。她对面塑艺术的热爱，永不褪色，而她的坚守与革新，则让经典的手艺焕发出更时尚、更鲜亮的光彩。

面塑之缘，妙不可言

张书嘉首次真正意义上"触电"面塑，是 10 岁生日那天，跟着爸爸妈妈去城隍庙玩耍。

她获准挑选一件喜欢的东西作为生日礼物。恰逢赵凤林组织了一个面塑表演展位，精美的面人，如磁石般牢牢吸引了女孩的

作品 21：五十六个民族大团结

中华民族有着悠久的历史。从遥远的古代起，中华各民族人民的祖先就劳动、生息、繁衍在中华大地上，共同为中华文明和建立统一的多民族国家而贡献自己的才智。《五十六个民族大团结》是张书嘉早期完成的大型作品，在构思阶段翻遍报纸、杂志和画报，搜集少数民族的服饰、文化和风俗资料。

作品㉒：睡宝

经过对孩童日常睡觉时的观察，制作出的作品。栩栩如生地展现了宝宝睡觉时的样子，展现了精湛的面塑技艺。

视线，一看就是三个小时。

赵凤林打破了学区界限，让小张同学在少年宫上自己的面塑班。而张书嘉不负所望，能坚持、肯吃苦、风雨无阻，从不请假。她慢慢掌握了揉、捏、搓、捻、挤、拉、掐、拧等手法，还有挑、拨、按、粘、嵌、刮、戳、滚等工具使用方法，以及调色、镶色、并列色等面团调配技法。从面粉材料的选取，到面粉的揉制、蒸，再到人物脸型、身形的捏法，反复琢磨，精益求精，成长迅速。

天赋加"修炼",使得才学了短短几个月面塑技巧的张书嘉"击败"诸多学了数年的师兄师姐。初三升高一的暑假期间,张书嘉雄心勃勃地创作了一组"超大规模"的面塑作品——《五十六个民族大团结》。彼时互联网尚未普及,为了了解每个民族的服饰、乐器、舞蹈动作等特点,她费尽心力四处收集相关的邮票、报纸、杂志,追求知识点的补充、细节的完善。这组作品拿到过国际大奖。

事实上,在赵老师的悉心指导下,张书嘉不仅屡屡获奖,还多次作为文化使者远赴国外进行艺术交流。张书嘉表示,每一次出国,都发现中国手艺和传统文化备受世界瞩目。然而,国人以前对非遗的珍视程度还不够。赵老师身边认真苦学的人太少,只能趁庙会、市集等活动的热闹气氛摆个展位加以宣传……"一热一冷"的强烈对比,间接刺激了张书嘉推广面塑艺术的决心。

挑选大学专业时,张书嘉觉察到当年非遗不被重视的状态,最终选择了上海交大的工业设计专业,这个专业虽然与面塑艺术没

> 以"非遗+概念"打通"从前旧物"与"摩登体验"之间的壁垒,持续尝试创新和跨界。

作品 ㉓：二十四节气胸针

> 二十四节气，是历法中表示自然节律变化以及确立"十二月建"的特定节令。二十四节气准确地反映了自然节律变化，在人们日常生活中发挥了极为重要的作用。将面塑与节气相结合，做成了胸针，让衣服增色又富有底蕴。

有特别紧密的联系，却也启发了一些新思考。她还选修了一些市场营销方面的课程，毕业论文写的则是"中国民间技术如何市场化"。或许，从那时起，张书嘉潜意识里是把"面塑艺术破局""非遗走向市场"与个人未来的发展路径进行了某种重叠。

念念不忘，必有回响。2006年，在国家鼓励年轻人自主创业的大背景下，一个创业大赛节目《创智赢家》应运而生，张书嘉抱着试一试的心态参加了。四个月的封闭式真人秀，每周一个项目，每周淘汰一个人，竞争不可谓不激烈。最后，披荆斩棘、乘风破浪的张书嘉拿到第二季的总冠军，获取了100万元的创业启动资金。

2009年，张书嘉以工作室的形式入驻天山社区文化活动中

心;通过社区志愿服务,她和团队持续推广面塑非遗文化,培养了50多名"非遗种子教师"。2010年,张书嘉开始编撰手工面塑的相关教材,其《手工面塑(初级)教材》获评长宁区社区优秀教材及全国社区优秀教材;而《创意面塑》的视频教材已发布在"数字长宁网",并作为首批示范课程选入"上海市终生教育网"。

如今,"书嘉手艺"面塑课程与幼儿园、小学、中学等教育机构合作,"创意面塑"兴趣班受到小朋友的喜爱;"非遗进学校"、中国文化之旅夏令营、国学冬令营、"传统节日学非遗""亲子互动学非遗"等一系列活动,也加强了孩子们与面塑艺术的联系,助推了非遗的传播。在给年轻人上课时,张书嘉教他们捏耳环、捏戒指、捏冰箱贴,做完手工产品还能戴在身上当首饰,分分钟戳中了年轻人的诉求点。此外,面塑的背后还有一个逻辑:不论老手新手,捏同一个造型的时候,花费的工序都是一样的,没有捷径可走,需要心无旁骛——整个过程提供的情绪价值和疗愈功能,也让年轻人学得起劲。针对老年群体,张书嘉和团队依次推出社区老年面塑班、老年大学面塑班、敬老院面塑班……

别具一格,与时俱进

在推广面塑艺术的道路上,张书嘉注重与时俱进,以"非遗+概念"打通"从前旧物"与"摩登体验"之间的壁垒,持续尝试创新和跨界。

2018年,有位朋友与她商量,想利用捏面人做成定格动画的形式,合作一个关于关爱眼睛的公益广告。"我觉得这个主意蛮新奇、很有意思,是让非遗更贴近当代、更贴近年轻人的突破之举,所以一口答应了下来。"2020年,上海话剧艺术中心要重新制作剧场观剧礼仪的视频,中心的编剧觉得面人形式应该会更吸引观众,从而达到理想的科普效果,遂找到了张书嘉。她带着自己的学生一起完成了制作,而这部《剧场观剧礼仪》现在还在话剧艺术中心播放。再之后,2021年建党100周年之际,张书嘉完成了首个系列红色非遗定格动画。

作品 24：吃青团 品春茶

青团是江南人家在清明节吃的一道传统点心，青团之称大约始于唐代，已有1000多年的历史。虽然青团流传千百年，外形一直没有变化，但它作为祭祀品的功能已日益淡化，而是成了一道时令性很强的小吃。该作品充分展现了江南特色。

  面塑非遗的土壤，在"园丁"辛勤的耕耘下越发肥沃。招收学员时，张书嘉没有年龄、性别、学历等的限制，除了通过"非遗进校园""非遗进社区""非遗进白领中心"推广面塑之外，她还积极开拓线上课程。一次直播的流量，或许可以覆盖线下好几年才能服务到的人群，这让张书嘉很惊讶。她感慨道："看来，网络直播推广面塑在初级阶段收效不错，完全可行，通过网络让更多的学员入门是管用的方法。"

作品 ㉕：红色弄堂

《红色弄堂》系列短视频，由新民晚报邀请80后非遗面塑传承人张书嘉及其团队制作面塑、搭建场景，用"动起来"的面人讲红色故事。31个面人、125件道具、35个场景、84个分镜头、3283张照片、376段拍摄素材……揭秘"女校校舍担起特殊使命"等发生在弄堂里的红色故事。

红色弄堂
亨昌里 小楼里点亮"暗夜明灯"
非遗面塑还原百年前的故事
《布尔塞维克》编辑部旧址

红色弄堂
祥康里 油墨飘香传递革命之光
非遗面塑还原百年前的故事
中共中央秘密印刷厂旧址

红色弄堂
延庆里 女校校舍担起特殊使命
非遗面塑还原百年前的故事
中国共产党第一次全国代表大会代表宿舍旧址

面塑的市场还能进一步被拓宽么?对此,张书嘉认为,发展方向不外乎两个:一方面是通过销售作品使面塑更加市场化,在造型上下功夫;另一方面,是利用不同媒介和传播方式让更多的人了解面塑、爱上面塑。"比如我们现在做的定格动画,我老师这一辈,包括他们的老师,肯定是没有涉及的。如果我们只做老师做过的东西,容易滑向因循守旧、故步自封。面塑艺术、非遗传承必须跟上时代的发展,所以教学生的过程中,一个很重要的意义是,我们鼓励他们发现新的东西,鼓励他们做前人没有做过的东西。如此,面塑艺术才能注入新的生命力,永葆青春。"

2024年,张书嘉团队精心策划,推出了十足应景、趣味盎然的龙年盲盒。团队的4位老师花费1个月的时间,用100多道工序完成了3种不同长相、不同名字、不同"龙设"的面塑龙宝宝,总数共计30个。付出收获回报,这批造型生动、可可爱爱的龙宝宝得到了市场的认可——不少年轻消费者甘愿自掏腰包,集齐吉祥萌物。

有人担心,面塑会被时代淘汰吗?张书嘉表示:"创新和跨界的尝试,会有一些失败案例。但不动脑筋不去做,你永远不会成功,自己先把自己淘汰了。"

代代接力,最是浪漫

非遗的传承,青少年是希望所在。

身为一名非遗教育者,张书嘉常常思索的问题是:如何让课程内容更有趣、课堂气氛更活跃,如何让更多的孩子打心底里喜欢上捏面人。"我小时候老师教捏面人,首先可能让你反复练习一个局部,比如捏人物的手、捏人物的脑袋,常常一练就是几十次甚至上百次。老师传授的态度,像师父带徒弟,像成年人对成年人。那除非孩子是狂热发烧友,或者准备以此谋生的,不然谁受得了这样的单一、枯燥?因此,几堂面塑课上完,很多学生就被'劝退'了。现在轮到我自己当老师了,我会换位思考,先向孩子们讲解什么是中华传统文化,什么是非遗人的匠心,制作面塑的工具、材料都是载体……铺垫一个语境。而在与孩子们讨论或者一起制作面塑的时候,我会鼓励他们不要有任何局限性。除了面塑的技法、态度是不能变的,其他都是可以变的,比如一支笔、一把尺,都可以成为你的工具。"

张书嘉最初的一批学生里,有的已远赴国外读书。但即便身在异国,孩子们仍保留了对面塑的爱,也让国外的朋友们见识了中国的非遗。"不瞒你说,我们高级班现在有几个小孩,水平已经不亚于我这个老师了。师父领进门,修行靠自身。我希望学生们能一直保持热情,上我的面塑课,但愿'课不能停',我也希望在这些孩子里,找到下一个张书嘉。"

2024年春,长宁区古北路小学举办了"海派面塑"传承基地校揭牌仪式。结合中国传统节日、中华传统美德等主题教育,古北路小学拟定开发特色课程,聘请张书嘉作为专家,定期对学校

面塑社团给予指导，编制与完善学校特色课程建设，或针对学生的捏塑技法做专业性指导。

非遗文化和现代教育的有机结合，不断激发着孩子们的审美能力和创造力。古北路小学将通过家、校、社协同共育，推进"海派面塑"美育课程构建与实施，拓展美育路径，推动非遗文化在校园内的传承与创新，绘制出"海派面塑"这一非遗项目进校园的文化亮色。

2024年，张书嘉别出心裁地设想，如何深挖全职妈妈在"传道授业解惑"上的能量——全职妈妈这个群体善于和孩子沟通，和孩子一起动手，不乏实力，更不乏亲和力，是一股潜力无穷的师资力量。

最后，张书嘉分享了一个很动人的故事。"2024年，我的工作室有一位年轻的新成员加入,她从12岁开始就跟着我学捏面人,毕业后在职场打拼过一圈,如今决定将面塑艺术作为赖以生存的依靠。我想到当年和赵老师之间亦师亦友,亲如一家;现在,这个小姑娘和我大约也是一份亦师亦友的关系吧。真奇妙呢,从小看着长大的孩子,和你为同样的事业而努力,你说,这是不是挺浪漫的一件事情啊?"

长大后,我就成了你。小小的面人,大大的梦想。是的,这件事情确实浪漫。

手作 tips

所需材料:
面粉、糯米粉、颜料、盐、蜂蜜、防腐剂、速效强筋剂、油、纸板、竹签、线、剪刀等。

制作工序:
1. 准备好面塑工具和原料。
2. 制作所需面团。将面粉、糯米粉、颜料、盐、防腐剂、速效强筋剂等原材料按比例调和,加入适量的水或液体,如蜂蜜、防腐剂等,揉搓成面团。
3. 等待面团变干。
4. 根据作品所需上色。
5. 用手开始塑形制作,适当使用剪刀、竹签等工具。
6. 晾干作品。

顾绣

> 刺绣本就是精细活，顾绣更是将『精细』二字发挥到了极致。

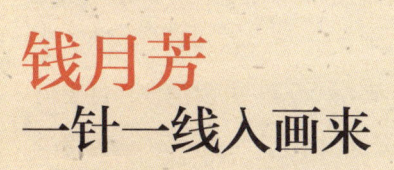

钱月芳
一针一线入画来

撰稿 | 周 洁

顾绣

顾绣又名露香园绣,因起源于明代松江地区的顾名世家而得名。"顾绣"是以名画为蓝本的"画绣",以技法精湛、形式典雅、艺术性极高而著称于世。

　　见到钱月芳时,她手上拿着一个小小绷架,手势翻飞,上下舞动,一片孔雀羽毛逐渐出现在白色的底布上,色泽鲜艳,栩栩如生,似乎还闪烁着羽毛的光泽。

　　钱月芳是国家级非遗顾绣传承人,今年70岁的她,每天仍要绣上三五个小时。她是真心热爱这门手艺,一天不绣就觉得少了点什么。自19岁与顾绣结缘,50多年的刺绣生涯,早已锻炼了钱月芳和针线的默契,即便不用眼睛看,她也能将丝线穿过针眼。

　　工作坊内,还有几位年轻人屏气凝神,以传统顾绣的方式进

行创作,她们是钱月芳的徒弟,也是顾绣的传承人。钱月芳说,除了刺绣、带徒,最近她们正在尝试新的方式,让更多人接触、了解甚至爱上顾绣,把这门手艺留下来,传下去。

爱与天赋,终成集大成者

顾绣是我国历史上最著名的刺绣艺术流派之一,它以名画为蓝本,以绣作画,并非用来穿着,而是用作欣赏,以技法精湛、形式典雅、艺术性极高而著称于世,成为我国传统刺绣艺术宝库

作品 26：松江方塔

作品以现代设计创作为顾绣题材，体现地方名胜古迹特色，以顾绣风格特色绣制是画的再创作。写意画干湿浓淡的墨迹用虚实针绣制，运用小针、接针、相针等针法，以针代笔，以线代墨，绣出水墨韵染的效果。2020年作品获"一带一路"文化和旅游交流促进暨手工技艺传承与创新艺鼎奖。

的珍贵遗产。

顾绣对绣娘的针法、审美都有很高的要求,而钱月芳无疑是当代顾绣大师中的集大成者。

说起和顾绣的缘分,钱月芳从小就表现出了对女红强烈的喜爱。12岁的时候,家里买了一台缝纫机,妈妈做衣服的时候她就在旁边看着学,家里给的零花钱,她从不拿来买糖,而是攒起来换布料和针线。"从做口水兜开始,通过自己的摸索,我逐渐承包了家里姊妹的衣服鞋袜。"

1972年,响应国务院发出"关于发掘传统工艺美术品"的号召,松江工艺品厂里开设了顾绣车间,钱月芳幸运地被选中加入,"到了这里,我一下子感觉来对了地方"。

头三年打基础时,她白天忙好车间里的活,晚上也不休息,吃好晚饭后就绣枕头套,花卉、鱼鸟、蝴蝶等元素居多,"一个礼拜就可以做一对,后来亲朋好友都找我绣,锻炼了我的速度和技法"。

钱月芳爱美,当时厂里发的工作服是单调的白衬衫,她就在胸口位置绣花做装饰,同事们看到了都找她绣同款,她总是来者不拒。绣得多了,她连绣稿也不用打,直接上针,"设计能力也是从那个时候练出来的。"

她总是抓住一切机会提升自己的技术和审美,"一开始,边缘的直线我总是绣不整齐,有同事的处理方法好,我就找她请教,总之看到灵的我就要学"。因为顾绣多以宋元时期的名画为蓝本,车间里配备了专门的工艺美术师，将这些作品复原为画稿后，再供绣娘参考，钱月芳一有空就在旁边观察他们的构图、色彩的运用等，"掌握了作画的透视原理的话，在绣画时，我就知道如何配色，如何将物品绣得更加立体真实"。

钱月芳还记得，自己的第一件顾绣作品是《群鱼戏藻》，她把老师戴明教的刺绣手法和自己对顾绣的理解相结合，针法细腻，鱼儿和藻仿佛在水中游动，十分传神。"当时'顾绣'已近失传，能够通过自己的手使得这份绝技涅槃重生，内心十分激动。"钱月芳说。

半绣半绘，画卷再现

顾绣以宋元名画中的山水、花鸟、人物等杰作作为摹本，画面均是绣绘结合，以绣代画，这是它最为独特之处。如在《群仙祝寿图轴》中，画中人物所穿锦裳，是先上底色，后于底色上加绣作锦纹状的；人物的面部则是先绣后画的，云雾则只用画笔直接用色，而不加绣。

顾绣的兴起，曾极大地推动了长江三角洲和江南地区刺绣业的蓬勃发展，连苏州绣祖庙供奉的也是顾名世的塑像。

刺绣本就是精细活，在钱月芳看来，顾绣更是将"精细"二字发挥到了极致。

顾绣成品仅仅比画纸多一层宣纸厚度，因此，为达到线迹平

作品 27：群鱼戏藻

作品选用宋代邓碧珊画为蓝本，工笔水墨画，从深到浅，从密到松，色彩韵和，线条挺拔。运用接针、旋转针、虚实针等传统针技能，平整顺畅，展示顾绣技艺手法，绣出鱼的游动感，把作品中的鱼绣活了。这幅作品已被中国工艺美术博物馆收藏。2011 年获中国刺绣艺术精品展"中丝园杯"金奖，2012 年入选中国当代工艺美术双年展。

作品 28：杨柳乳雀图　　创作者：沈丽莉

该作品原型为宋代佚名花鸟小品画作，整幅绣品采用齐针、乱枪针、铺针、施针等针法，历时14个月绣制完成。利用颜色差异表现母鸟与幼鸟的年龄差，颜色过渡细腻，表现鸟禽羽毛的茸感，利用细线的粗细表现形成柳叶飘逸灵动。整幅作品"应物用线"，造型各异，渲染细腻，生动刻画了幼鸟嗷嗷待哺的场景。

沈丽莉

松江区顾绣代表性传承人。沈丽莉毕业于景德镇陶瓷大学，现为松江区人文松江活动中心顾绣工作室负责人，作品曾多次参加国内外文化交流与非遗大展。

滑如纸的效果，顾绣不仅绣针比普通绣花针小二分之一甚至三分之一，对于线材的纤细度也有要求，要将蚕丝线剖成若干细丝。

钱月芳学习顾绣半年后开始"劈丝"。据她介绍，每根丝线都包含16股细丝，而只消手指一捏一捻，一根丝线在她的手上就可以被劈成1/32、1/64、1/128甚至1/256，劈开的丝线可以用于绣制绣品的细节位置。"劈丝"当然离不开绣娘的巧劲和对丝线的熟悉，也考验着绣娘的耐心和细心。

顾绣的针法复杂且多变，一般有齐针、铺针、打籽针、接针、钉金、单套针、刻鳞针等十余种，针脚讲求"平、齐、顺、匀、光、密、直、薄"，绣一幅一尺见方的作品至少要半年以上，绣成后还要像画一样裱好装框。

要指出的是，顾绣不是简单地还原画作，而是一次全新的创作，绣娘以针线的线条、光泽等，赋予画作新的生命。为了更形象地表现山水人物、虫鱼花鸟等层次丰富的色彩效果，顾绣采用景物色泽的老嫩、深浅、浓淡等各种中间色调，进行补色和套色，借此表现原物的天然景色。

早年扎实的基本功训练和后来不间断地吸收学习，让钱月芳对颜色的敏感度堪称登峰造极，看一眼就能分辨出这颜色是怎样偏色，甚至于判断偏色的比例。"经过这些年学习钻研，我了解古代颜料是用什么组成的，哪些更容易脱落，也知道丝线因不同光照和针法所能呈现颜色的细微差别。我不会按照它现在脱落的颜色做上去，而且要把它原来的颜色，我所想到的，我看出来里

牧牛圖
辛未年春
玉成戲筆

作品 29：牧牛图

作品以现代专家画稿为顾绣题材，表达了新中国成立后人们的幸福生活。作品绣出写意画的干湿浓淡和笔墨神韵，虚虚实实，色彩柔和，精工细作。顾绣以针代笔，以线代墨，绣出的画面有丝线的光泽，绣出画的意境和神韵。2015年参加国际米兰世博会，获得创意精品金奖。

面有什么颜色，把它配好了以后绣上去，把原来所缺颜色补上。"

她还经常从生活中找到灵感："绣韩滉的《五牛图》时，为了掌握牛的情态，我多次骑着自行车到村里的奶牛场去观察牛的姿态和表情，这样绣起来的时候，感受更深，更接近牛的神韵。"果不其然，钱月芳绣好《五牛图》展出时，牛的神韵、姿态、毛色均与原画无异，甚至更为立体灵动。

钱月芳绣马也是一绝，最有意思的一次，应当是她20世纪90年代去日本进行顾绣表演时的一段经历。"表演结束后，有日本客人拿着一件黑衬衫找我，想让我在胸口处绣点什么。我问了他的生肖属相，是马。马在胸口处显然过于拘束，于是，我就用带去的棕色系丝线，在他的过肩处绣了一匹徐悲鸿的马，她拿到以后格外开心。"

这大概要算是最早的高级定制了。

让顾绣"活"起来

1998年松江工艺品厂顾绣车间转入松江电子仪器厂,钱月芳受到厂长郑大膺的邀请继续创作顾绣。在这里,她和同事合作完成的清朝意大利传教士郎世宁的16幅《仙萼长春图册》,也奠定了她个人的顾绣风格。"过去,顾绣绣的是国画,从不绣油画。郎世宁的作品既有欧洲油画的写实主义风格,又有中国画的水墨之韵,对于绣娘的技艺要求很高,有时候一个针脚就要有千般变化。"钱月芳绣的《鸡冠花》和《菊花》属于这系列作品中颜色最复杂、画面内容最丰富、难度最高的作品,但她完成得也是最为出色的,郑厂长因此盛赞其作品青出于蓝而胜于蓝,长江后浪推前浪。

2021年,钱月芳最新一幅代表作《青绿山水》完工。这是她工艺技法的集大成之作,也是她50年顾绣生涯的最佳代表。"过去几十年,我的大幅作品中,题材涉及花鸟鱼虫、飞禽走兽、各类人物等,独缺山水题材,因此一直想要补上这块。"

说起自己和《青绿山水》的缘分,钱月芳的话匣子就打开了。"这幅画是著名画家文徵明的作品,也是我爱人家中珍藏的真品,多年来我一直想将其入绣,但一个是觉得功力不够,研究还不够透彻;另外一个是这幅画尺幅较大,一直没有整块时间进行创作。因此一直等到2018年,我才下定决心开绣。"为了绣好这幅作品,钱月芳可谓夜以继日,三年里每天至少要花上6小时——这也是

作品 ㉚：青绿山水

作品以宋代赵千里的画稿为蓝本。顾绣制作选用齐针、短针、滚针、松针、虚实针等多种针法组合，运用色彩的青绿到赭石深浅的接色过渡柔和。用心感悟，精工细作，整个画面动静结合，绣出山水的虚实画意和气势神韵。2022年参加第二届"百鹤杯"工艺美术设计创新大赛获百鹤奖。

顾绣珍贵的原因,就算绣娘手艺再成熟,也必得一针一线才能将画入绣。据了解,一位绣娘终其一生,尺幅大小都算上,所能绣得的作品也不过百余件,可谓限量珍品。因此,不少当代画家也将自己作品被顾绣绣娘选中入绣看作是一种肯定。

与此同时,为了顾绣的传承和发展,钱月芳从20多年前就挑起了培养顾绣接班人的重任。她没有古时候手艺人的门户之见,也从不认可"教会徒弟、饿死师父",她倾其所能,毫无保留,还把自己所有的经验整理成册,从最简单的拿针、穿线,到色彩搭配、针法运用一一介绍。"我现在也还在学习,每次博物馆里有什么好的画展和绣展,我都会带学生们一起去。活到老学到老,我仍然感觉自己每天都在进步,所以教学生时,也从不藏私。"

当然,师父领进门,修行在个人。顾绣的很多技艺和基本图案都是在不断练习中领悟和理解的,所以绣娘自身对这门手艺的热爱也很重要。

钱月芳常常感叹,培养一个人才实在是

> 绣娘以针线的线条、光泽等,赋予画作新的生命。

太不容易了。她过去20多年里招收了27个学生,来来去去,最后只剩下10个。"这是手艺活,靠手吃饭,靠眼识珠,靠心领悟。学习顾绣没有捷径,要耐得住寂寞,吃得了苦。"她告诉记者,刺绣看上去是简单的上下针,实际上,工作时绣娘须全神贯注,身上每一根筋骨都在用劲儿,"绣到要紧处,更是大气不出,做好了才肯透口气。有时候一天八九个小时绣下来,连拿一根绣花针的力气都没有了"。

令她欣慰的是,这些年政府和社会的重视,正让这门小众艺术重新焕发光彩。通过走进校园、开设讲座等形式,顾绣被越来越多的市民所熟知。这些年,顾绣研究所又陆续招了一些年轻人,其中不乏00后。

钱月芳还高兴地同记者分享了一个好消息：新的顾绣研究所即将开张，届时她将把自己和徒弟的顾绣精品放在研究所内展陈，供所有热爱这门艺术的人参观欣赏。"顾绣是中国文化和中式审美情趣的绝佳载体，但因为数量稀少，难以走入寻常百姓家。最近，我们设计了一些含顾绣元素的项链耳饰等，还没有正式上市，但不少人都表示作品非常精致，令人一见倾心，且更为亲民。"钱月芳说，希望通过这些形式新颖的产品，让顾绣被更多人看见。唯有这样，这门手艺才能更好地传承下去。

手作tips

所需材料：
画稿、勾线笔、丝线、塔夫绸、针等。

制作工序：
1. 选稿：以中国古代书画为主，兼用现代绘画原作或诗书画印，选择一幅作为底稿。
2. 勾画：毛笔勾勒（拓印）原画，过程全用白描绘制，再描绘在塔夫绸上。
3. 配色：配置底稿所需的丝线颜色，线色有十余种，各色又分十到二十多种深浅色级和十多档色阶，讲究淡雅朴实，质感达到虚实分明。
4. 绣制：以针代笔，以线代墨，工针力求，齐、平、细、密、匀、顺、光。
5. 装裱：将作品从绷架上取下，装裱至框内。

海派绣球

传播古老技艺的火种,在作品创新中探寻非遗的活态传承之路。

杨宁
让非遗与时俱进"活"起来

撰稿 | 应 琛

绣 球

海派绣球是一种集刺绣、编织、构图于一体的艺术形式,将海派文化与传统技艺结合,创造出蕴藏浓郁文化内涵的图案纹样。它与广西绣球一脉相承,历史可以追溯到2000多年前,是我国民间常见的吉祥物。

地处繁华市区与世纪公园交界处,上海图书馆东馆是近年来新晋的"网红"打卡地。这座可阅读的建筑不仅演绎了中华文化的美学符号,而且来自全球各地的当代艺术家不定期在这儿展出自己的得意之作,使东馆成为更开放的公共文化艺术空间。

2024年初,龙生肖艺术大展在上海图书馆东馆开幕,"盘踞"之龙多达438条。其中,一条由100多个绣球连缀而成的"绣球龙"相当吸睛。这是杨宁的海派绣球作品。据说,为了做出与龙身长度相匹配的"大龙头",杨宁与小伙伴熬了三个通宵。

而在广中社区文化活动中心的橱窗内,杨宁的蜡染作品常年被放得满满当当,从底图到成品,从平布到蜡染衍生品,每一件作品都倾注了杨宁很多心血。蜡染是苗族的技艺,耗时费力,她却乐在其中。

1975年出生的杨宁原本是外企高管,当她辞掉高薪工作潜心研究传统手工艺时,周围人都露出了惊讶的目光。但杨宁不仅把这些传统技艺"玩得好",如今的她还有了两个新身份——2019年,她正式成为虹口区非物质文化遗产代表性项目传统蜡染技艺的传承人;2023年,长宁区公布了"第八批区级非物质文化遗产名录",她又成了非遗海派绣球项目的传承人。

多年来,杨宁辗转学校、社区、文化馆等地,传播古老技艺的火种,在作品创新中探寻非遗的活态传承之路。

作品 ㉛：绣球龙——龙年大吉 有"球"必应

作品是由 100 个绣球组成、长 20 多米的绣球龙，最大的头部球体直径 50 厘米，最小的尾部球体直径约 4 厘米。制作过程复杂而漫长，每个大球用时 2~3 个月，每个小球制作用时亦要几个小时。经过精心的纹样构思设计和配色，每个球体上的图案各不相同。

不惑之年转型

从职场精英到非遗传承人,杨宁身份转变的契机与她的孩子有关。

在30多岁就成为集团总部财务总监的杨宁,最繁忙的时候甚至找不到机会与孩子交流。每次看到杨宁收拾行李,年幼的儿子就会抱着行李箱哭闹,因为他知道又要很久看不到妈妈了。作为母亲,杨宁很是心疼。

36岁时,杨宁第一次跟老板提辞职,但对方却不肯放人,用涨薪的方式极尽挽留。就这样拉扯了三年多,在即将步入不惑之年时,儿子的一次意外走丢让杨宁最终下定决心回归家庭,"正值当打之年,大家都以为我是跳槽了"。

有了时间,杨宁便经常陪着儿子一起做手工、玩魔方。每次儿子收到同学的生日邀请,她也会亲自做各种玩偶、文具等,让儿子带去当礼物。

后来每周五放学后,杨宁总会邀请儿子的同学到家里,辅导他们做作业,以及完成各种手工作业。此举受到了同学妈妈们的肯定,经常会发朋友圈称赞杨宁。就这样,从一开始的7

个人，变成15个，再后来整个班级大概有四分之三的人都想加入。为此，杨宁又专门向街道借了教室。

"虽然挺累的，但我儿子开心，我就开心。因为他俨然成了同学中的'小头目'，特别有面子。"就这样做了一段时间，一家商场向杨宁抛出了橄榄枝，希望能与她签约，开办周末的亲子艺术工坊。

信心被点燃，少年时放弃的梦想再次闪光，杨宁顺势开了公司，走上艺术之路。"时隔多年后，我先生问过我一个问题，他说你开完公司有没有想过做完这个合同，要是没有第二个合同，怎么办？"杨宁坦言，当时她完全没想过，仅凭着一腔热情就去做了，"是一种情怀，也有点冒险"。

原来杨宁从小就特别喜欢做手工，早在6岁时就已经能给娃娃做衣服了。她还特别喜欢美术和传统文化，涉猎面也很广泛，包括素描、水粉、水彩、油画等。此外，杨宁还经常找一些中国传统纹饰的书籍来看，看到喜欢的纹样，总会临摹下来。

"中学时代，学校就给我办过画展，那时自己的作品一直被老师当作范本。"杨宁表示，但因为家里怕女孩子学画辛苦，她才不得不放弃报考美院。

"没想到在我40岁的时候，开始做起了美育，并且做得不错，越来越有规模。"杨宁说，所有的开花结果都离不开曾经的大量积累，"早知道，就应该早点辞职转行"。

作品 32：藻井与绣球——传统之美的现代演绎

作品巧妙地将藻井与绣球两种不同领域的艺术形式相结合，将传统元素与现代审美相融合，创作出了既具有古典韵味又不失现代感的作品。无论是藻井元素的建筑装饰纹样，还是刺绣图案的时尚文创，都在展示着中国传统文化的独特魅力，两者的结合展现出无尽的创意与巧思。

从蜡染到绣球的"双料"传承

中国传统技艺中的蜡染需要运用特殊形状的蜡刀,用融化后的蜡在布上绘制各种图案,再以蓝靛浸染,去蜡后布面会呈现轮廓清晰的图案,清新悦目。再加上蜡染被称为"布艺上的青花瓷",这对酷爱青花瓷清新淡雅的杨宁有着深深的吸引力。

"要了解什么文化,一定要到那块土壤去。"怀着这个想法,杨宁往返贵州学习几十次,浸润在靛蓝的世界中。

制作蜡染,需先用铅笔在白布上勾勒出线条,再用蜡刀蘸溶蜡绘制纹样。杨宁介绍,蜡刀的笔锋分不同大小,但都使用金属材料,是为了保持较高的温度,防止熔蜡凝固。用蜡绘制的图案完全冷却后,再将布料放入染盆,除了画蜡的部分,其余布料被

手作 tips

所需材料:
丝线、棉线、填充物、针、剪刀。

制作工序: 制作缠制球芯;根据绣制的花型设计,预先在球芯上添加辅助线进行四分区、六分区、八分区等的构造。用不同材质的线和针根据预设的纹样进行绣制。

作品 ㉝：建筑可阅读——蜡染石库门皮包

作品运用非遗蜡染技艺，结合现代油画笔触，绘制出石库门建筑与树影婆娑的视觉效果。蜡染技艺与现代皮具相结合，是一款颇具民族艺术风格，又兼顾实用价值的工艺品包袋。

蜡染

蜡染是我国民间传统纺织印染手工艺,古称"蜡缬",与扎染、镂空印花、夹染并称为我国古代四大印花技艺。蜡染是用蜡刀蘸熔蜡绘花于布后以蓝靛浸染,既染去蜡,布面就呈现出蓝底白花或白底蓝花的多种图案。同时,在浸染中,作为防染剂的蜡自然龟裂,使布面呈现特殊的"冰纹",很有魅力。

蓝靛燃料迅速浸透。而为了充分上色，这个过程至少需要重复三次。

日复一日的学习，杨宁不仅逐渐练就了精湛的技艺，更对这门传统手艺有了更深刻的理解。于是，她将传统蜡染技艺作为非物质文化遗产代表性项目向虹口区申报并被认定，她本人也成了项目的区级传承人。

在实践中深刻意识到织染绣一体后，杨宁为自己设定了新目标。身为广西媳妇的她，又开始潜心研究另一项古老的传统工艺——绣球的制作。

据了解，广西壮族自治区靖西市旧州村是个远近闻名的"绣球村"，享有中国"绣球之乡"的美誉。靖西人做绣球，先是贴布壳，把各种颜色的绸布贴在布底上，然后剪成瓣，再描上各式花样，绣好后把瓣进行粘贴，然后缀以珠子、流苏。根据不同用途，表面绣有各种纹样，内部可填充香料或中草药。对于当地人来说，绣球不仅代表古老的手工艺，更是增收致富的手段。

而沪上绣球与广西绣球一脉相承，历史可以追溯到2000多年前。每年春节及"三月三"歌节时会举行抛绣球的活动，在中国古代，绣球也是青年男女用以表达爱情的一种信物。

在杨宁看来，相对于蜡染作品的素雅、稳重，绣球色彩丰富，图案各异，花型多样，既可作为艺术装饰品，也可作为手头的小玩具，其寓意美好，雅俗共赏。在传统技艺的基础上，她融入了海派文化的"大气、包容、精致、多彩"等元素。2021年，海派绣球制作技艺被认定为长宁区非物质文化遗产保护名录项目；而后，杨宁也成

作品 34：狮子滚绣球 好事在后头

> 采用了时下年轻人喜欢的国潮醒狮造型，作品结合了绣球、面塑、中草药香料等多种非遗元素，将金木水火土五行对应五种颜色的绣球，作品色彩丰富、造型生动，有着很强的文化底蕴，并且能使观者获得视觉和嗅觉的双重享受。

为该项目的区级非遗传承人。

"其实，不论是绣球，还是蜡染，都已经伴随我很多年了。以前在外企上班时，它们就是我放松解压的方式。现在，我可以全身心地来做这个事情，把它们研究得更透、更深入。"杨宁强调，成为非遗传承人并非一蹴而就，而是慢慢积累后的厚积薄发。

成为非遗传承人的杨宁没有停下学习的脚步。她流连于图书

馆、各大展馆，看到中意的图案就画在素材本上。有时一看就是一整天，好几次忘了闭馆时间，被保安劝着离开。她更是将时间利用到极致，在开车的时候收听的也是相关知识，为的是寻找创作灵感、拓展生活宽度。

俗话说："狮子滚绣球，好事在后头！"在中国古典的建筑上、宫殿庙宇门口都有着狮子绣球的身影，并且在木雕、石雕、砖雕、刺绣、服饰、瓷器上也都能见到绣球的纹样。最近，杨宁正在收集各种狮子滚绣球的样式。

深厚的积淀为杨宁传播非遗火种准备了基础。她说："作为老师，端出去一碗水，自己真的是至少得有一桶水。"各区文化馆、工艺美院、上海教育电视台等机构纷至沓来，杨宁的课程安排越来越密集。

面对的参与者年龄下至三四岁，上至90岁，杨宁也在反复打磨个性化的教案：对孩子要语言活泼；教年轻白领的作品偏精致；老阿姨们眼睛不好，难度要降低、颜色要热闹……杨宁享受教学的过程，她认为，自己不仅在输出非遗文化，而且时常会被学员们一两句无意的话而启发灵感。

坚持活态传承

走过国内100多座城市，以及全球近30个国家，在接触多元文化的同时，杨宁愈发感受到传统技艺要保持长久的生命力，就要让非遗与时俱进活起来，这样才能够传承下去，让更多年轻人接受、喜欢。

杨宁倡导的理念始终是非遗需要活态传承。因此，她从功能、颜色、呈现方式等方面不断创新作品。

针对现代大众审美特点，杨宁对海派绣球进行了大胆的改进，在用料、图案、色彩、体积上下工夫，使得整个绣球的功能与用途都以更时尚新颖的面目呈现出来——大尺寸作品可以作为厅堂、书房的祥瑞摆件和工艺品展示，小尺寸作品可作为耳环、项链、胸针、车挂、包挂、扇坠、毛衣链等实际生活用品和饰品。同时，她精心制作出圣诞主题、扎染主题、红色文化主题等色彩艳丽、符合时代特色的绣球。

至于蜡染，杨宁平衡传统元素的乡土性与现代人追求的实用性，逐渐开始将更多现代化的设计放在了作品上，用蜡染布做成随身佩戴的首饰等。由于在外企工作多年，她更是把蜡染元素与皮具结合，做成了一系列文创作品。结合上海地域性，她还创作了一大会址石库门图案的蜡染作品献礼建党百年。

> 要平衡传统元素的乡土性与现代人追求的实用性。

作品 ㉟：凤求凰

作品以蜡染工艺在对襟女褂上对称地呈现了凤与凰翩翩起舞的身姿，领口、袖口、下摆处辅以卷草纹、蝴蝶纹、鸟纹、鱼纹等纹样。蜡染工艺，以古朴典雅的风格，刻画出凤凰的优雅与力量，象征着中华民族自强不息、奋发向上的精神面貌。

杨宁有一件"百鸟朝凤"的衣服,这件前后耗费了三个月时间完成的衣服,常被她说成是"战衣"。衣服上画有凤凰蝶恋花,即使小到盘扣的设计,她都花了不少小巧思去构想,整件传统蜡染衣穿出时尚味。

正如杨宁所言,将非遗融入生活当中,才是真正的活态。她创新的成果总是能在各种活动现场吸引人们的关注,比如用蜡染的线制作海派绣球。

如今,这位"双料"非遗传承人正在思考如何将两项非遗更好地结合发扬,让更多的人认识传统手艺,让非遗文化在今日焕发异彩。

手作tips

所需材料:
棉布、专业蜡刀、熔蜡炉、电源、染料、脱蜡设备。

制作工序:
准备好桌椅、插电设备、水池、专业熔蜡设备等。采用配比合适的蜡液涂抹在织物上,不同的厚度和浓度控制染色的效果。用蜡刀以直线、曲线、涡轮线等技巧,绘制各具特色的作品。在染色完成后,将蜡从织物上除去,完成细节处理与装饰。

海派旗袍 盘扣

让海派旗袍盘扣的种子播撒四方，让这项东方非遗技艺在更多人的指尖绽放。

刘秋雁
旗袍盘扣系着的情结

撰稿 | 姜浩峰

盘扣

也称盘纽、纽结、纽襻,由布条经手工折叠、缝纫、盘绕而制成,是传统中国服装(旗袍和马褂)使用的一种纽扣,不仅起着固定衣襟的作用,更是服装装饰的点睛之笔。对于旗袍而言,盘扣是如同灵魂一般的存在,每一枚盘扣都是有讲究的。

刘秋雁出生在东北长白山。如今的她是海韵旗袍会会长,长期从事旗袍文化、手工技艺研究。

2019年,海派旗袍盘扣技艺被认定为黄浦区非遗项目。该技艺代表性传承人正是刘秋雁。秉承"盘、镶、嵌、滚、宕、贴、染、绘"八字工艺秘诀,以及二十八道工序制作过程,刘秋雁感觉,盘扣的世界不仅在旗袍。传承与创新的结合,让这一非遗项目越来越具有活力!

回想当年读小学的时候,看着影视剧《上海滩》《上海大风暴》中那女性旗袍之美,小秋雁心中种下了一颗种子,长大要到大上海去。这一情结,如中国传承下来的盘扣一般,扣住了刘秋

雁的心。

爱画画的小姑娘决心去上海

刘秋雁毕业于东北师范大学油画专业。其实,她入大学之前——从小学到高中,总有绘画作品获奖。高中时代,学校的物理老师还曾给她在校园里办过画展。

刘秋雁的父亲是位画家,专攻国画。不过,父亲宝贝闺女,觉得从事绘画太辛苦,自小不让她学画。但小秋雁耳濡目染也能提起毛笔画些什么。

作品 36：红色的起点

作品创作于 2021 年，历时 6 个月制作完成，高 90 厘米，长 130 厘米，28 道制作工序，是非遗盘扣制作技艺为建党百年的献礼。这是盘扣技艺第一次和绘画相结合表现人物题材的大型作品，一大会址前 13 位代表一字排开，28 岁的毛主席长衫飘动，其他 12 位代表静立左右，开启了中国历史新篇章。

高中毕业考大学,进东北师大选专业。20世纪90年代初,东北师大美术系已经初具规模——水彩、版画、雕塑、包装设计等专业的老师都在"抢学生"。偏偏刘秋雁"自己找婆家"选了油画专业。她了解到创作油画有一些必需的流程,比如说绷画布就是一门看起来简单,实际上对动手能力要求还挺高的手艺;还有做坯、打磨等。

不知不觉,刘秋雁为不少老师绷画布,也师从各位老师,对古典油画、印象派、现代派等都有了比较深刻的理解。她的毕业创作油画《长白山的四季》,请父亲帮忙搞来一些红松树皮做画框,

着实惊艳到整个东北师大美术系——不仅因为这一毕业作品的艺术表现力在学生中颇为出挑，更在于红松树皮画框其实挺沉的，可累着了帮忙挂画的老师。

1997年寒假刚过，东北师大迎来一场大型的毕业生招聘会。正寻思找工作的刘秋雁看到上海浦东新区社发局摆设的摊位，就前去问询，得悉浦东开发，正希望从全国各地知名高校引进优秀学子。然而，一看刘秋雁是学美术的，对方回了句："可惜，我们最紧缺的是数学老师。"刘秋雁意兴阑珊地退了下去。

"我的名字叫秋雁，似乎也在暗示我总要南飞、飞过长江的。"正踌躇是否去广州，突然有位老师告诉刘秋雁——去上海找找机会！就因为这句话，使得刘秋雁下定决心，买了火车票，前往上海。

抵达上海火车站时，刘秋雁见南广场有一班黄颜色的公交车能到浦东，二话没说上了车。哪知道这车一路开到了川沙。那时候的川沙还是一派乡间风貌。她索性找了家旅馆住下，第二天又询问如何前往

盘扣，这一非物质文化遗产正在活化，为更多的人所熟知、所喜欢……

市中心。

几乎原路返回，刘秋雁抵达了人民广场附近。正巧一块显示屏上滚动着这样一条新闻：上海毕业生招聘大会圆满结束。她的心一下子凉了，但见不远处恰是上海市人民政府，便趋步上前问门前站岗的士兵，怎样可以找到浦东新区社发局。终于她打车抵达当时位于浦东大道141号的浦东新区社发局。

刚进门，刘秋雁又如此巧合地看到了前阵子在东北师大校园里见过的那位负责招聘的工作人员。"你怎么追这儿来了？"那

作品 37：盘扣遇上二十四节气

人紧接着说,"我这刚来了位校长要找大学毕业生担任美术老师。我们正要给她寻找呢,你就来了!"

俗话说,无巧不成书!通过社发局同志联系,当时浦东新区洪山中学的任惠珍校长收下刘秋雁,担任美术老师。

仍愿翻 百千浪

在上海安顿下来以后,刘秋雁就想着去寻觅旗袍了。

作品创作于 2020 年 2-4 月间,用盘扣技艺表现海派二十四节气,每个节气独立呈现,直径 18 厘米,也可以横向、纵向按照四季每个季六个节气来排列组合。二十四节气里蕴含上海的梅花节、桃花节、奉贤的梨,上海人立冬时节爱吃的大闸蟹,以及用来美化城市的各节气的花卉,呈现出独特的海派城市的二十四节气。

作品 ㊳：喜鹊登梅项链

作品灵感来源于剪纸作品，换成盘扣的材质和技艺来表现喜鹊登梅，同时用夸张、繁复的表现手法，制作成项链饰品，既可以展示陈列，也可以佩戴，与服饰相结合，别有一番风味。材料为桑蚕丝、新疆长绒棉。

她喜欢旗袍，影视剧中的女性穿着旗袍，甚至在一盘录像带中看到邓丽君演唱会——一代歌后歌声婉转身姿曼妙，那旗袍都为之增色不少。"这衣服太好看了！"发出赞叹的刘秋雁甚至还找来沈从文的《中国古代服饰研究》看。

论及旗袍，本是发源于东北的满族女性服饰。在清末民初于上海滩完成了旗袍的近代化，且逐渐成为近现代中国女性的一种代表性服饰。对于东北姑娘刘秋雁来说，到大上海寻找旗袍，确实别具一番言之不尽的含义。"我有一个邻居，夫妻二人都是朋街公司的老师傅。"一位同事向刘秋雁推荐。由此机缘，刘秋雁找上门去。原来，这一家人男裁女缝，特别是那位阿姨的盘花扣手艺，一下子勾起了刘秋雁的回忆。

刘秋雁记得，自己小时候，总听到奶奶逢人就表扬姑姑："我女儿手巧啊！谁也做不过她。"原来，在刘秋雁的家乡，逢年过节就有人求姑姑做盘扣，"奖金"是各家的各种好吃的，比如粘豆包之类。这个美好的回忆，更使得刘秋雁愿意在这家师傅这儿做旗袍，哪怕价钱真是比较贵——500元。要知道她当时的月工资才700多元。

不过，美术生出身的刘秋雁花起钱来也是真舍得，她舍得为自己认为美的事物买单。之后，刘秋雁不仅自己多次找这对夫妻做旗袍，还介绍朋友前往做衣服。反正逢着亲友结婚办喜事，她都介绍新娘到这里做旗袍，或者送新人定制旗袍做礼物。

然而有一次，刘秋雁偏偏想送一对小夫妻一个别致一些的新

作品 39：花神

《十二花神》系列中择选出代表作品4幅。海派盘扣是沪上独有的传统手工技艺，凝结着东方美学的精致与巧思，是服饰的点睛之笔，也是传统与时尚的完美结合，更是一种文化的传承与发扬。每一个盘扣作品，诉说着一个关于季节与花神的浪漫故事。精巧的线条、细腻的纹理，展现出花神们的婉约婀娜。

婚礼物——她亲自画了个设计稿,是一对花样别致的盘扣,且扣中含有小夫妻俩每人名字中的一个字。如此永结同心的意象,却被做定制生意的阿姨给一口回绝了,可能是因为这对盘扣太复杂,制作太麻烦,太费工夫,赚不到钱。无奈,刘秋雁一咬牙,决定亲自尝试制作。这决心,简直如上海这座城市的母亲河黄浦江一般,平素看似静静流淌,实则"仍愿翻,百千浪"!刘秋雁连续开工三天三夜,从扣条开始,各种盘、嵌、滚,甚至各种返工,这件作品竟然让她给做成了。

做之前,刘秋雁心想,这么多年看下来看也会了,可实际动手才感觉不是那么回事,自己对盘扣制作之事的掌握还远远不够。幸而当初做美术生的那些绷画布之类的活计,使得刘秋雁拥有较强的动手能力。

到了2003年,即将初为人母的刘秋雁遇到新情况——医生告诉她,因为怕油画颜料挥发对胎儿不好,建议她暂时不要画油画了。她和先生一合计,怀孕阶段闲着太无聊,不如就做盘扣玩吧。这时候,她做的盘扣已经不局限于用于旗袍等服饰,而是包括了做胸针及其他饰品。

盘花易绾 非遗可期

2000年,刘秋雁到当时的卢湾区业余大学代课。工作性质的关系,她白天有了大把时间,于是就逐步将白天时间利用起来,专攻盘扣创作。2008年左右,她还请来已不在朋街公司上班的旗袍师傅,参与上海市社区实验项目之旗袍文化研究。回想那会儿,卢湾区业余大学校长王振华特别支持去申请这一项目。这使得刘秋雁下定决心要将自己迷恋上的盘扣技艺搞出点名堂。毕竟,旗袍与盘扣是一家。

在王振华的支持下,卢湾区业余大学拿出了南昌路180号校舍,专门用海派旗袍手工技艺传创中心工作室。2009年"迎世博——展海派旗袍文化之魅力"的实验项目正式启动,2010年该项目获得上海市优秀项目;2012年,"旗袍文化社区学习基地模式的建设与推广"获得上海市示范项目。当年底,刘秋雁启动"美丽中国——旗袍文化校园行",行走于华东师范大学、同济大学、上海交通大学、复旦大学等近10所知名高校。

2011年,卢湾、黄浦两区建制撤销,设立新的黄浦区。刘秋雁遂成了黄浦区业余大学的老师。她继续着她的盘扣梦——2014年启动"中国梦 旗袍情"系列项目;2015年1月成立以白领为主体的"海韵旗袍会"并担任会长,着重于旗袍手工技艺的传播。2016年,上海市外办组织文化交流活动,刘秋雁有机会前往爱尔兰交流。她注意到三叶草是爱尔兰的国花,因此特地创作了三叶草主题的盘扣胸针。2018年,刘秋雁随上海市台办等部门组织的交流团前往我国台湾地区访问,为此她专门为佛光山设计了盘扣莲花胸针。台湾同胞对中华传统盘扣一看就懂。

在相继参与"旗袍遇上二十四节气"、"中国梦 旗袍情"旗袍展,

作品 ㊵：四叶草胸针

2018年首届进博会，刘秋雁设计的"四叶草"胸针成为观众瞩目的焦点。这款胸针巧妙地融入海派盘扣制作技艺，展现了中国传统工艺的独特魅力。海派盘扣，作为上海非遗文化的一部分，以精致的造型和独特的制作工艺，赋予了四叶草胸针深厚的文化底蕴。胸针的设计灵感来源于进博会的举办地——上海国家会展中心，形似四叶草的造型，寓意着吉祥与希望。海派盘扣的融入，让这款胸针不仅是一件装饰品，更是一件承载了上海文化和进博会精神的艺术品。

以及入选"百强公共文化配送创新产品"，列为市级公共文化配送产品之际，2019年6月，刘秋雁被评为黄浦区海派旗袍盘扣制作技艺代表性传承人。除了参与在上海举办的第十二届中国艺术节演艺及文创产品博览会、在北京举办的第十四届中国北京国际文化创意产业博览会以外，令刘秋雁最为振奋的，还是2021年为建党百年创作盘扣作品《红色的起点》。这一作品被选入了百人百匠上海非遗建党百年展,之后再收藏于复兴坊。

如今,刘秋雁的盘扣技艺深受知识女性、白领女性的喜爱。她在抖音平台直播教学,以传承海派旗袍盘扣制作技艺,打造"100雁阵",坚持两年多,现在全网已有粉丝近20万人。"上海从来不缺手艺人,我希望尽己之力,让海派旗袍盘扣的种子播撒四方,让这项东方非遗技艺在更多人的指尖绽放。"盘扣,这一非物质文化遗产正在活化,为更多的人所熟知,所喜欢……

手作 tips

所需材料:
针、线、顶针箍、剪刀、木尺、粉线、水线、胶水、扣条、棉布、丝麻、绸缎、化纤、绳带、毛线等。

制作工序:
设计盘扣的草稿、线稿、色彩稿,根据构思效果的要求选料、开料,用糨糊按照经线方向进行刮浆,放在背阴通风处等待干燥,把多余的糨糊揉搓掉,用电熨斗烫平整,沿经线方向折出45°切除12毫米的布条待用(软扣条需翻条工艺),把12毫米四折中间加0.5毫米铜丝熨烫成3毫米的扣条待用,按照第一步设计的走线图盘出造型,用针进行固定缝合,整好细节部分,用真丝和棉花进行镶嵌,镶嵌完成的背面要封底,用剪刀将多出的部分修剪完美,把胸针配件黏合好完成作品。

罗泾十字挑花

古老的纹样、古老的技艺，敞开怀抱与时俱进，跟上了新时代的脚步。

郑晓蓉
作品千万变，"绣"出我人生

撰稿 | 孔冰欣

罗泾十字挑花

罗泾十字挑花技艺将花挑于土布所制的衣物或帕巾之上,作为"兜头手巾""系身钩""肚兜""布裙""鞋面"的纹饰,尤以"兜头手巾"和"系身钩"为多,在江南水乡渐有不挑花不能用之势。

  她本是女白领,却做了"金绣娘"。

  飞针走线,传承非遗文化;娓娓道来,讲述非遗故事。古老的纹样、古老的技艺,因为她和一群志同道合的朋友的努力,敞开怀抱与时俱进,跟上了新时代的脚步。

  郑晓蓉,全国乡村文化和旅游带头人,全国乡村能工巧匠,上海市级非遗罗泾十字挑花技艺项目区级代表性传承人,东华大学人文学院新闻与传播专业硕士研究生校外导师。曾获得上海市

优秀文化工作者、上海市百姓终身学习典范、上海市民文化节手工艺达人百强、2023年海上最美家庭等多项荣誉。她笑容可掬，亲切大方，在罗泾十字挑花的传承与推广工作中，好像小太阳一般发光发亮，感染了周围的人。

她把罗泾十字挑花当成自己的孩子，举凡谈论这个话题，满心满眼都是爱。

作品 41：古韵今风

古诗情感与罗泾十字挑花智慧相碰撞，创新制作三款奢华工艺品。蝶恋花钥匙扣、春华秋实书签、金枝玉叶手机架，结合现代滴胶工艺，古韵今风交织。每件作品皆展现传统精髓，融入现代审美，为生活增添独特文化体验与情趣。

甘作绣娘

郑晓蓉本是在老城厢长大的上海姑娘，2016年二胎待产期间，回到了丈夫的老家罗泾镇——宝山区的"偏远地带"。而从小喜欢手工活、擅长手工活的她，很快被这儿十字挑花社团的阿姨们"慧眼识英雄"吸纳进团。之后，郑晓蓉进步神速如开挂，又被推荐参加了第四届十字挑花技艺大赛，一举斩获了二等奖。如此优秀的成绩，足以证明她的天分，以及她与罗泾十字挑花间的缘分。

如果我们观察十字挑花的绣片，会发现绣片的正面是十字绣般的"叉"，背面则是均匀整齐的一字点状，简洁明了，无一丝杂乱的线头。行针、绞针、蛇脱壳为罗泾十字挑花的三种基本针法（后期在生产加工中，郑晓蓉新增命名了撇针、捺针），而在这几种针法基础上绣出的作品，仿佛图案的像素化，上下左右两两对称，如乐高积木一样呈几何形叠加，极具特色，令人见之难忘。

不熟悉十字挑花技艺的"门外汉"，最常问的一个问题就是十字挑花与十字绣究竟有什么区别。对此，郑晓蓉解释道，十字挑花堪称十字绣的鼻祖。"外国传教士从安徽望江将十字挑花技艺带到了欧洲。欧洲当时流行绒绣，但绒绣成本较高，而咱们的十字挑花更贴近老百姓的日常生活，是适合普及的。""无论从表现形式、技艺针法，还是载体上，十字绣均与十字挑花存在本

作品 ㊷ :"花影"收纳边柜

> "花影"收纳边柜采用传承三百多年的罗泾十字挑花技艺,打造轻奢时尚家居。"花影"收纳边柜纱网材质轻盈透气,防潮防霉。收纳边柜上的创新花卉纹样富含中华传统美善寓意,展现江南美学。

质区别。十字绣的工业特点明显,最终呈现效果更具象。而十字挑花不用事先在布上打样,全凭经验在布的经纬线中见缝插针进行挑制,看到什么就挑什么,挑出来像什么就可以叫什么,不求惟肖惟妙,强调意境趣味,最终呈现效果更富想象力、更不拘一格。其'千人千绣'的自主弹性,不失为民间智慧一份独特的灵动与隽秀。"

郑晓蓉表示,苏绣、蜀绣、湘绣等都要事先打样拓图,多位绣娘可在绷架上合作绣制。不过,罗泾十字挑花不用绷架,也不需要打样拓图,但无论绣品是大是小,只能由一位绣娘从头到尾独立完成。当然,鉴于绣娘在挑制时完全靠自己来数经纱和纬纱,所以一定不能数错,倘若拆了再挑,经纬纱形成的洞眼就会变大,影响作品的美观度。初学者容易犯的错误就是走针没逻辑、没章法,不能一线到底,导致绣布的背面不断打结、剪断、重新起针。对熟手来说,单色并线足够长的话,绣布的背面应该只有一个起

作品 ㊸：龙凤对枕

龙凤对枕纹样的设计融合了中国传统文化精髓，"龙"象征"神圣与力量"，"凤"代表"美德与和平"。"龙凤呈祥"寓意着完美关系与幸福，适合作为结婚礼物或家居装饰，常用于婚礼和庆典祝福新人，为家庭带来喜庆氛围。

针的结和一个收尾的结。

十字挑花看似一目了然，实际大有学问，不仅考验绣娘的技巧，也考验绣娘的心性。

寻根溯源

自元代起，罗泾就广种棉花，盛行纺纱织布。利用土布零料制成兜头手巾，夏天用以防晒、冬天抵御严寒，遂渐成罗泾女性的习惯。但由于本色土布包头有不祥之嫌，而且不好看，罗泾女性开始尝试在布面上挑花插线做点缀，后逐渐发展成罗泾十字挑花技艺。数百年的流传过程里，罗泾十字挑花形成了几十种独特的基础纹样，这些纹样多以动植物为名，如八角花、大荷花、蝴蝶花、鸟花等，寓意吉祥，表达了对幸福生活的希冀与向往。

罗泾许多上了年纪的"老绣娘"回忆，直到她们那一代，女孩子都会挑花，女红过硬。晴天在地头干活，空下来就往田埂边一坐，拿出针线做一阵；雨天不能下地，就跟着大人在家里学新花样。出嫁后，新娘子嫁妆箱里的衣服、头巾、枕套，全是自己亲手绣的；而小宝宝的小肚兜、口水巾、小鞋子，也是年轻的妈妈自己做好了挑上花的。总之，罗泾居民的日常劳作、婚姻嫁娶、繁衍延续，处处可见十字挑花的身影。它并不名贵繁复，却胜在实用且漂亮——人民群众对"美"的追求是压抑不了的天性，需求催生了创造力。

经历了三四年的田野调查,郑晓蓉和村居团队不停地追溯罗泾十字挑花背后的"文脉"。"我们听老一辈讲从前的经历,也走访了其他工艺的民间艺人与传承大师,结合学术资料的检索,总结汇编出一些罗泾十字挑花官方的、标准的纹样阐述。这也是进一步做好非遗传承必不可少的举措。必须要确立一套体系,纹样因何取名、用在何处,都是需要考证的,要规范化。非遗宣传不能信口开河,应该有理有据,上升到理论价值的高度。"

郑晓蓉觉得,非遗不是遥不可及的老古董,非遗应该就在你我身边;她播下了一颗帮助了解的种子,期待罗泾十字挑花生根发芽、广为人知。"非遗的传承不止是技艺方面的传承,也需要建立起强烈的文化认同感。你只有知道了一样东西,才有可能喜欢上这样东西,然后才有可能为它的发扬光大而努力。我希望,一个生活、学习和工作在罗泾的年轻人,不会做十字挑花没关系,但一定要知道罗泾十字挑花,并且会讲罗泾十字挑花的故事。"

绣品的背后,折射出这片土地祖祖辈辈勤恳专注、心灵手巧的精神。这样的精神是不能熄灭的。平日里,郑晓蓉也会穿着十字挑花的衣物,身体力行做好非遗文化传播大使。同时,她和团队已通过"非遗在社区""非遗进校园"等形式,为罗泾十字挑花传承人队伍的扩充打开了新局面、注入了新动能。

作品 44：数码周边产品

USB扩展器与U盘结合江南美学罗泾十字挑花技艺，呈现科技时尚。扩展器纹样选"鹄"，寓意坚贞与远大志向；U盘以"蛟龙"与"化蝶"为纹，象征上海科创发展如龙腾飞，文化化茧成蝶。科技赋能非遗，连接现代，绽放光彩。

作品 ㊺：新文房四宝

该系列作品含托盘与文房四宝，创意融合传统与现代，展现上海多元魅力。托盘象征海纳百川，文房四宝各有寓意——笔绘鸿篇，笔筒聚财引智，镇纸稳中求进，印泥盒放权赋能。每件作品均融入了罗泾十字挑花技艺，展现了上海文化之精髓。

打造 IP

罗泾农家风情展示馆外立面上的十字挑花设计图案，开门见山直奔非遗文化主题，该馆也是郑晓蓉工作室的所在地。穿过一楼以农耕生产、农家生活和农民风俗串联起来的罗泾文化展厅，登上二楼的十字挑花艺术工坊，一眼瞧见郑晓蓉精心创作的乡村振兴主题作品。另一侧商品展示台上的八九成文创制品，亦出自郑晓蓉之手。

近年来，郑晓蓉和她的伙伴们硕果累累。2017年3月，变通转换制作工艺完成了樱花披肩，于顾村公园上演的"樱你而美·瑰丝陈传承海派时尚情境秀"上，实现了罗泾十字挑花的华丽转身。2019年，与东华大学人文学院唐承鲲教授师生团队合作至今，将非遗美育带进高校，建立产学研实践基地，研发并制作了一批符合新时代年轻人审美需求的文创产品，让十字挑花装点生活的理念融入时尚潮流，社会各界反响良好。

> 看到『金绣娘』，就想到罗泾十字挑花。

在自媒体迅猛发展的今天，郑晓蓉也学着做直播、剪辑视频、经营微信公众号、与播客合作等，为非遗文化加流量、加粉丝。对郑晓蓉来说，学习新东西不是一件困难的事，困难的是知道有做得更好的方法，却不去做。"每一件都几乎是'从零开始'，独立完成。当然，我一个人的精力是有限的，但愿能摸索到效率更高的路径。"

如何利用多媒体和"黑科技"更好地传承非遗技术，是郑晓蓉目前思考的一个方向。她已经有意识地把所有值得留存的老绣片全部转换成数码图片，归档命名。不久的将来，这些绣片或印在纸页上，整理成册后与读者见面，加深其对罗泾十字挑花的印象。

现在，郑晓蓉工作室正全力打造罗泾十字挑花的"金绣娘"IP。"人有人设，一个城市、一个地区也需要其综合形象的生动呈现。罗泾十字挑花是宝山区罗泾镇的一块文化金字招牌，所以我们想打造'金绣娘'的IP，让它成为一种载

体,看到'金绣娘',就想到罗泾十字挑花,想到罗泾的人与事。"

"金绣娘"的 Logo,是戴着兜头巾、拿着绣花针的曼妙女子形象,且结构呼应了"罗泾"的"泾"字;虽然没有具体的脸部轮廓,却有海派摩登女郎的鲜艳红唇,体现了当代国际大都市女性不忘优秀传统文化、亦可做先锋弄潮儿的设计思路。她们能守住一根针、一根线,锲而不舍默默耕耘;也能绣出乾坤,秀出自信和精彩,让原汁原味的非遗项目走入千家万户,保持旺盛的生命力。郑晓蓉希望,罗泾十字挑花恰如新时代的新女性,"亮相在世界时尚的舞台上,同时具有生活的烟火气,上得了厅堂,下得了厨房"。

2023 年 3 月 7 日至 9 日,博洛尼亚的一场书展上,意大利读者翻阅着主人公原型为郑晓蓉的《金绣娘》绘本。中国的非遗,罗泾的生活美学，就这样再次传到了遥远的欧洲。那是迎风复苏、恣意弥漫的乡情乡愁；那是对过往岁月恋恋不休的珍惜怀念；那是适应当下、"过日子"里传承发扬的传统文化；那是守正创新、至死不渝的匠人之心。

手作 tips

所需材料：
土布、针、线、剪刀。

制作工序：

1. 挑制准备：选择适合的布料，将8米的棉线根据需要挑制纹样的大小分成4-6段，然后再从其中的一段线中抽出1或2根，穿针过针眼挂线、打结。
2. 挑制：一般左手握布、右手持针，将布上下对折、再左右对折，找到布块的中心点。左手的食指在上、中指在下将棉布夹在中间，大拇指在上、无名指在下将布夹在中间，四根手指形成天然绷架将棉布撑展，从布的背面穿线。整个制作过程中布不能随意旋转，针在挑制时只能直上直下。根据纹样选择适合的针法进行挑制。罗泾十字挑花有三种基本针法：绞针——横向水平前行或后退，走针像缝补衣服绞布的方式；蛇脱壳——竖向垂直前行或后退，走针时需要后退一针再前行一针，像一条蛇伸缩着脱壳；行针——向左或向右45度角斜向前行，走针时需要一针撇、一针捺进行行针，就像人走路一左一右。
3. 挑制结束打结断线。

香囊

这些香囊创作的灵感,正是来自世间「万事万物」,每一款背后都有故事。

陈杏芝
一片衷情寄香囊

撰稿 | 周 洁

香囊

香囊又名香袋、花囊,是古代劳动妇女创造的一种民间刺绣工艺品。中国传统的香囊多用绸布制成,有各种刺绣图案。香囊内装有雄黄、薰草、艾叶等香料。袋下一般垂长穗,取"长岁"之意。

走进闵行区新虹街道非遗传承基地"锦囊妙馆",一股经典的香囊香气扑面而来。随即映入眼帘的,是闵行区香囊制作技艺代表性传承人陈杏芝牵头制作的 180 款香囊。

中国人一直有佩戴香囊的传统,最早可以追溯到商周时期。香囊不仅可以熏衣、寄情,还可以驱邪、治病。发展到如今,香囊的款式也有了很大的突破。

在陈杏芝的"锦囊妙馆"里,香囊的款式从传统的心形如意香囊、粽子香囊、口袋香囊,到金蝉、莲花、熊猫,再到海派特色的石库门、旗袍、手鞠……可谓无所不包,无所不有。而这些

香囊创作的灵感,正是来自世间"万事万物",每一款背后都有故事。

从奶奶那儿学到的手艺

今年 75 岁的陈杏芝,身形清瘦,眼神明亮,举止端方,被人们亲切地称为"香囊奶奶"。而她做香囊的技艺,也是从她的奶奶处学到的。

20 世纪 20 年代,陈杏芝祖母一家从广东迁来上海,也把广

作品 46：京剧脸谱

> 京剧为中国国粹，京剧脸谱因色彩鲜艳、造型夸张，逐渐成为一种独特的艺术表现形式。陈杏芝设计的京剧脸谱一款三色（红、黄、绿），分别寓意忠义耿直（红色）、勇猛暴躁（黄色）、莽撞冲动（绿色）。本组作品荣获 2019 年上海市非物质文化遗产保护中心举办的香囊作品大赛优秀奖。

式香囊的手艺带了过来。在她小时候，每逢端午节，中医家庭出身的奶奶就会去药房抓中药，回来后将药材捣碎磨成粉，做成小香囊给孩子们戴上。

"奶奶一直告诉我，会针线活是一项非常重要的技能。"陈杏芝回忆起童年学做香囊的经历，不由得嘴角含笑，当时做香囊用的都是裁衣服剩下的碎布头，香囊大小就是由布料随机决定的。祖母还教过她一种纸做的菱角香囊，用纸折成菱角，再在菱角上缠线，"很有意思"。

因为奶奶的影响，陈杏芝学得了一手出色的针线活，从小就帮鼓手父亲缝制鼓棒。"鼓棒的一头裹有毛毡，制作时需将毛毡层层撕开，第一层稍厚，渐次渐薄，一层层拉紧、一针针缝制……最后成形的时候，需要摸上去软软的，但捏起来又是硬硬的，使得声音的传导性更强，敲出震撼力和穿透力，所谓'一锤定音'。"

值得一提的是，陈杏芝的父亲陈观浩在上海电影乐团（现上海爱乐乐团前身）工作，曾参与中国第一部大型管弦乐曲《红旗颂》的排演，在1965年第六届"上海之春"开幕音乐会上首演时，陈观浩担任定音鼓鼓手，而他使用的鼓棒，便是16岁的陈杏芝亲手制作的。

陈杏芝在香囊的款式设计和色彩搭配的天赋，则受到了她外公的影响。她的外公是20世纪30年代著名作曲家、词作家、广告设计师、漫画艺术家严折西，她名中的"杏"字，正来源于外婆的乳名"杏杏"。

~ 150 ~

作品 47：和平享厚福

"和平享厚福"语出沪谚，"富贵寿考，从容暇豫，曰享福"。陈杏芝将多年香囊制作经验与手鞠制作技艺结合，融合了上海市闵行区两大非遗项目，国家级非遗"沪谚"和市级非遗"香囊制作技艺"，推出了这一全新非遗手工艺品。本作品入选 2020 年上海特色伴手礼评比活动金榜，获得 2021 年上海市闵行区十大文旅伴手礼称号。

严折西以作曲闻名于世，曾创作《如果没有你》《一个女人等候我》等脍炙人口的传世歌曲。他对绘画也有着无比热忱，很早就为商务印书馆出版的《小说月刊》设计封面，创作插图，后来从事专业美术创作，创作了不少宣传画，出版了多种儿童科普画册。小时候，陈杏芝常常坐在外公腿上，看他画画，听他讲画，耳濡目染之下，也提高了对于色彩的审美。

不过，长大后的陈杏芝并没有走上文艺之路，而是成为一名优秀的纺织女工。直到退休后，闲不下来的陈杏芝觉得要给自己找点事儿做，就想到了奶奶留给自己的香囊手艺。一开始只是在端午前后做了给家里人佩戴，后来做得多了就分给邻居好友，没想到一传十、十传百，陈杏芝的香囊渐渐有了知名度。她开始受邀作为志愿者讲师，到社区学校、中小学里教大小朋友制作香囊，义务授课做了十几年，目的就是希望大家从一枚香囊认识非遗、爱上非遗。

2016年，陈杏芝成为闵行区非物质文化遗产项目香囊制作技艺代表性传承人。

要传统，更要创新

香囊让陈杏芝的退休生活变得充实，而真正让她生活发生改变，从个人爱好变成一门产业，离不开她对市场需求的大胆预测和准确把握——一个偶然的契机，她常去购买配制药粉原料的老字号中药店在端午摆出她的香囊进行销售，没想到非常火爆。随后，陈杏芝将制作香囊的布料、造型、刺绣流程标准化，打通了设计、生产的产业链，走上了规模化生产道路，也带动了百余人就业。

如今，上海多家老字号中药房的端午香囊几乎都来自陈杏芝女士的"杏家"香囊。"杏家"在上海话里又有"行家"的意思，这也是她对自己的期待：做香囊这一行的行家。

香囊里的香粉，陈杏芝没有选用药材店里现成的配方，而是坚持做"奶奶的味道"。藿香、艾叶、石菖蒲、白芷、苍术、八角……以老配方为基础，亲手调配出的香粉，使得"杏家"香囊有别于市场上其他产品。更让人感动的是，为了让更多的人了解这项传统技艺以及背后的中医中药文化，陈杏芝已经无私公开了这一祖传的香囊药粉配方。

香囊虽小，步骤却烦琐，从选料到花色绣制，再到裁剪、缝制、加药粉、定型、封口，足足要经过9道工序。一枚普通小香囊的缝边，最熟练的工人也需要半小时才能缝好；要是复杂的造型，花费月余也是有的。

"做香囊的时候我发现，现代很多人已经没有这个习惯去挂香囊了，这是很可惜的，佩戴香囊是我们的传统文化，甚至不止于端午节，平常也可以。"为了俘获年轻人的芳心，陈杏芝在祖传技艺的基础上进行了大胆的创新。除了圆形、桃心等传统外形，她还创作了手鞠、花朵、动物、茶盏等丰富的造型，力争让香囊成为一件"时尚单品"，实用且百搭。

作品 48：世纪之门

世纪之门香囊一套两枚（书签、钥匙圈），是少见的写实主义创作题材。图案花型取材于海派特色建筑石库门的山墙门楣花纹，中式宝瓶纹饰环绕西式盾形纹饰，巴洛克风格的藤蔓纹饰环绕四周，呈现出中西交融的海派文化特色。本组作品入选 2021 年上海市消保委伴手礼银榜，并于 2021 年 6 月被中共一大纪念馆永久收藏。

有一次,陈杏芝在日本进行文化交流,见到了一款精巧的"绣球",叫作"手鞠",当得知其制作工艺来源于中国,且"唐朝就传到日本了",陈杏芝深受触动。后来查阅资料,她发现这绣球的起源正是中国传统的"蹴鞠"。于是,陈杏芝潜心钻研,多次尝试,最终用一根线一包粉,推出了作品"手鞠香囊",一经上市,立刻成为"爆款",后来又获得上海市香囊大奖赛一等奖。

上海海纳百川的文化环境给了陈杏芝开阔的思维与眼界,而自祖辈那里受到的熏陶,在她身上得到了融合。"书籍、新闻、旅游……生活中的点点滴滴,都可以给制作香囊带来灵感。"

陈杏芝喜欢用香囊记录时代,讲述上海故事。第二届中国国际进口博览会举办时,她特意设计了一款"握手"香囊。正面是紧紧握在一起的两只手,上面是一只和平鸽;反面是一片四叶草的造型,中间是一朵含苞待放的白玉兰,象征着进博会在上海的四叶草举行,受到大家的喜爱。

在陈杏芝的创新作品中,有一扇门有着特殊的地位。2021年是石库门诞生100年的纪念,陈杏芝和儿子郑会雄因此设计创作了《世纪之门》香囊,造型取材于海派石库门的正门及门楣。"石库门是老上海建

作品 49：睡莲

本款作品五种配色,外观取睡莲神圣高洁、出淤泥而不染之寓意,制作手法主要采用手工苏绣制造技艺,作品整体色彩鲜艳,过渡自然,体现出传统香囊的雍容华贵。本作品入选 2018 年上海市消保委伴手礼金榜。

筑的代表,而石库门的门楣里其实也大有文章,比如中式花草搭配巴洛克风格的藤蔓,又或者寓意岁岁平安的中式瓶子,化成了西方族徽式盾牌。"

后来,这款香囊被中国共产党第一次全国代表大会纪念馆永久收藏。

祖孙三代共续香囊情

随着年纪的增长,陈杏芝两口子的精力不比从前,他们也会担心手工技艺的传承问题。因此,她萌生了让儿子加入香囊事业的想法。"他原来在互联网做管理工作,也一直在帮我,但请他全职来做这个事,我心里也有些忐忑,不知道他愿不愿意。"陈杏芝表示,独子郑会雄非常孝顺,经过一年多的仔细思考,最终辞去了高薪的工作,做非遗文化的传承人。

儿子的加入,让陈杏芝的香囊产业增加了更多的可能性,"过去他是职业经理人,有企业管理的经验,现在他把做项目的经验带到香囊事业中来,也做出了自己的名堂"。

让陈杏芝深感欣慰的是,郑会雄已经成长为一个可以独当一面的香囊设计师。今年"杏家"为迎接龙年设计的瓦当龙香囊就是他的作品。

汉代青龙纹瓦当是中国古代建筑中常见的一种装饰物,生动传神。青龙作为中国传统四象之一,代表东方,寓意祥瑞。瓦当上的龙纹线条流畅，神态庄严，给人一种肃穆而庄重的感觉。据介绍，这是郑会雄在博物馆参观时的灵机一动，他常常从传统文化中汲取设计的灵感，另一款《三兔共耳》香囊，最初的想法也来源于敦煌莫高窟壁画，寓意着对未来美好的祝愿，也体现着中国传统文化中三生万物、三阳开泰等哲学思想，充满匠心。

"上阵母子兵"，如今香囊的应用场景得到了进一步的开拓。比如和国风音乐剧《周生如故》合作，推出联名款"神兽出没"系列香囊，麒麟、甪端、辟邪、狻猊、天禄、金虎……这些在中国古典神话中家喻户晓、威风凛凛的神兽，以Q版卡通形象化身香囊，各自代表不同寓意，让今天的年轻人能够透过这些憨态可掬、神采奕奕的神兽形象，近距离感受历史、传承文化。

这一系列还作为上海非遗代表性项目亮相第六届进博会上海非遗客厅，并多次在上海市及长三角地区各类大赛中斩获殊荣，向世界传递了中国传统文化的魅力。

此外，香囊还被变化成胸针、耳坠、书签、

> 做香囊这一行的行家。

作品 ㊿：三兔共耳

作品由陈杏芝、郑会雄合作设计制作。图案出自莫高窟隋代 407 窟，中心画有三只追逐奔跑的兔子，巧妙地将每只兔子两只耳朵中的一只重叠，三只兔子看似只有三只耳朵，但无论从哪个角度看，每只兔子都有两只耳朵，故称之为三兔共耳。本作品入选 2023 年上海市消保委伴手礼金榜，荣获上海工艺美术行业协会主办 2023 年第三届申香杯香饰设计大赛银奖。

钥匙扣、手机挂件，并打造出系列国潮文创作品。"这些产品从设计到落地，过程非常磨人。从一张平面设计稿开始，用何种工艺呈现，是用刺绣还是印花，配色是否要改进等，都需要投入心力，但郑会雄已经完成得很好。"作为母亲，陈杏芝很欣慰，"我想请他来做这件事，是对的。"

而陈杏芝的孙女郑欣澪刚上高中，她喜欢二次元、KPOP 等，对奶奶的香囊事业同样情有独钟,表示长大后想做香囊设计师。其实她的一些想法已经被奶奶采纳,比如将"神兽出没"系列做成盲盒的形式就是她的思路。

眼下,国风在年轻人中掀起热潮,带有传统文化元素的产品受到越来越多人的喜爱,而有了年轻人的加入,陈杏芝坚信,香囊的未来一定会更加美好。

手作 tips

所需材料:
中草药、织锦缎、棉花、配饰、针线剪刀等。

制作工序:
1. 香粉配制:选取天然芳香草药,使用无人工香精和化学成分的特定配方配制香粉。
2. 面料裁剪:将面料按照需制作的香囊的尺寸裁剪成片。
3. 初步缝合:将裁剪好的面料以外沿边线先缝合成半开口袋状态,以传统苏绣针法缝制,讲究针法细腻缝合平整。
4. 装填药粉:根据香囊尺寸装填不同克重的香粉。
5. 安装配饰:配饰(绳结、串珠、流苏、配饰)颜色需与香囊整体风格协调,有吉祥寓意,起到衬托意境,强化造型的作用。
6. 外观整形:填充棉花整理出外观造型。
7. 缝合打褶:采用苏绣针法,需注意收口处缝合针脚密度,线头需藏于香囊内。

上海灯彩

现在的上海灯彩有待「破圈」，希望能让更多人知道上海灯彩的存在和价值。

龚智瑜
80后巧手"点亮"上海灯彩

撰稿 | 金 姬

上海灯彩

上海灯彩是在民间灯彩的基础上于20世纪初发展起来的,以花纹图案细致、色彩鲜艳著称,曾流行于真如、大场等上海西区。上海近代灯彩继承了古代灯彩的优秀技艺,不仅灯彩的材质在不断更新,有麻、纱、丝绸、玻璃等,而且品种更为丰富,有撑棚灯、走马灯、宫灯、立体动物灯四大类。

作为黄浦区的国家级非遗项目,上海灯彩以品种丰富、造型别致、制作精巧著称。其中,以"江南灯王"何克明为代表的立体动物灯彩集观赏性、艺术性、装饰性于一体,自成一派,具有很高的艺术价值。

为了让这门技艺发展传承,从2011年开始,在黄浦区非遗保护中心的关心扶持下,五里桥街道成立了以何克明关门女弟子吕协庄牵头的上海灯彩保护传承工作室,立足培养传人,保护这份技艺。十几年来,50后吕协庄先后培养了几十位学员,其中8位成为区级非遗传承人,最年轻的就是80后龚智瑜,也是悟性最高的一位——没有任何工艺美术功底的她在2018年才第一次

接触上海灯彩,不到三年就成了黄浦区非遗项目上海灯彩代表性传承人。

在苦研传统灯彩技巧之余,龚智瑜还充分发挥年轻人的优势,在灯彩技艺中锐意创新,经常和团队老师一起探讨,将新的材质和光源运用到上海灯彩的作品中,为这门古老技艺注入新的活力。

当"上海灯彩"在社区传承

在 2018 年刚接触上海灯彩时,龚智瑜并不知道"上海灯彩"的来历,"跟着吕协庄老师上了几堂课,我才慢慢了解到,原来

作品 51：连年有余

作品以荷塘、金鱼画面为主体设计思路，运用上海灯彩的制作技艺，象征着中国特色新时代的人民生活富足愉悦，连年有余。作品由6个单独的花鱼作品组合而成，每件作品由铁丝凹制骨架，以丝绸布料糊面，用各类装饰材料点缀，内部用 LED 灯珠和灯串连接，配有变色灯光，十分灵动。

这并不是普通的手工技艺，而是一项国家级非遗项目"。

吕老师告诉学员们，上海地区灯彩艺术有着悠久的历史，其中最有影响、最绚丽多彩的要数吕协庄的师傅——"江南灯王"何克明创造的立体动物灯彩。

1971年，17岁的吕协庄分配至当时的上海工艺美术研究室灯彩组，成为何克明的关门女弟子。何克明比吕协庄整整大了60岁，正是这位老艺术家的谆谆教导，使得吕协庄渐渐掌握并爱上了这门技艺。

2004年，以"何克明灯彩"为主风格的"上海立体动物灯彩"被上海市人民政府列为"上海市传统工艺美术优秀品种"。2007年，"何克明灯彩"又被列入上海市非物质文化遗产项目名录。2008年，以"何氏灯彩"为主风格的上海灯彩被列入第二批国家级非物质文化遗产名录。

1989年，何克明去世后，其孙何伟福继承了祖父的衣钵，作为国家级非遗传承人，继续在"上海灯彩"领域深耕。而吕协庄作为何克明的得意门生、上海灯彩市级传承人、上海工艺美术大师，则走出了一条"社区传承"的新路径。

2011年，黄浦区五里桥街道和上海大世界传艺中心（黄浦区非物质文化遗产保护中心）共同搭建平台，定期开展"上海灯彩"技艺的相关兴趣课程，邀请吕协庄老师授课。但当时都是退休人员来参加课程，上海灯彩的传承工作急需注入新鲜血液。

转眼到了2018年，黄浦区文化和旅游局在五里桥社区正式揭牌成立"上海灯彩传承人工作室",并开设培训班,再次邀请吕协庄老师授课。彼时,因为生二胎辞去财务工作的龚智瑜正在家全职带娃,二宝到了上幼儿园的年龄,让她有了一定的自由时间。"我妈妈听说招学员,本想自己报名,但是她的年龄超过65岁不符合招生条件,想到我平时也喜欢做手工,就推荐我去报名。"龚智瑜进入培训班后,她才知道自己迈进的是非遗传承的大门。

天赋与毅力

龚智瑜学过食品雕刻,这可能是她仅有的美术功底,但她对于上海灯彩的领悟和动手实践能力毋庸置疑。

《上海灯彩(教科书)》一书提到:"何克明在保存传统'搓、扎、剪、裱、糊、描'等传统制灯手法的基础上,结合自己多年的制灯实践,总结出了'匀、正、紧、挺、齐、鲜'六大工艺特征。"

其中,"匀",就是搓丝均匀,光这一步,就需要费上不少工夫。据龚智瑜介绍,"原来市场上的铅丝都是成捆、成卷销售,需要先手工拉直,截取合适的长度后,再用何克明大师自创的搓丝板,搓动铅丝的同时,将皮纸包裹至铅丝上,再均匀用力搓动包裹好皮纸的铅丝,使铅丝表面均匀笔直。这样一根能作为灯彩骨架的铅丝才算制作完成"。

吕协庄在20世纪70年代跟着何克明学徒时,曾经用了整整六个月的时间来学习搓丝。然后在铅丝上包皮纸和裱糊,这几项

作品 52：双塔会堂

> 该作品主体是张江科学城地标性建筑——张江"科学之门"双子塔（在建中）与张江科学会堂。作品运用国家级非遗上海灯彩的传统制作工艺，将现代科技建筑用精致细腻的灯彩形式展现，传统与现代巧妙融合。

基本功一练，转眼就是三年。

时间来到 2018 年，因为培训班每周只有一次上课时间，已过花甲之年的吕协庄并没有按照老底子的教学流程。但她教大家的基本功，一样都不少。

龚智瑜介绍道，"何氏灯彩以动物骨骼科学为依据，再经灯彩传统制作中搓、扎、剪、贴、裱、糊、描、画等工艺，将动物的体态和神情展现在人们眼前。吕协庄老师将自己毕生所学毫无

作品㊶：美好四季

作品灵感来源于古代"窗棂"结构，由4件单独的主题作品组合而成，每件作品分别选用四季的花鸟以窗景式表现。春季的牡丹和绶带鸟寓意"富贵长寿"，夏季的荷花和翠鸟寓意"和美幸福"，秋季的翠竹和黄莺寓意"高第莺迁"，冬季的喜鹊和梅花寓意"喜上眉梢"。

保留地教授给学生们，这份恩情也化作我继续深耕这门非遗艺术的动力。"

从搓纸绳、搓铅丝（用皮纸包裹铅丝）等基本功，到制作小型双片、折叠式灯彩，进阶到半立体和立体造型灯彩，龚智瑜当时的进步可谓"神速"。"因为上课两个小时是来不及做的，我们都是会回去完成，甚至多做几个，反复练手。还有就是要发挥自己的想象，比如我学了这个双片灯的熊猫，那么我可能回家改

一个造型试试。"

就是因为这样的钻研精神和每天抽空不断练习,龚智瑜很快就掌握了上海灯彩的基本功。她也在学习中对于上海灯彩有了更深刻的了解。

在她看来,立体动物灯之所以称为上海灯彩一绝,令同行刮目相看有几个原因,首先是搭骨架(用铅丝塑形)时的线条简洁,只要几根,一个动物身体的框架就成了,这就是对雕塑、动物身体解剖学深究的经验和成果。而且,上海灯彩的立体动物实现了"有血有肉"的真实美感,"以前老师们去动物园学习动物行为,观察并写生它们的形态。现在有了网络很快就能找到素材,学习效率更高,我自然就有更多时间学更多"。

此外,上海灯彩对于材质和工艺的坚持,有别于其他地方灯彩广泛运用色丁布、机械加工,上海灯彩依旧遵循手工制作,用的光面或金丝暗纹等不同纹理、厚薄的丝绸布,费时费力,这也造成上海灯彩目前还不可能制造像豫园灯会那样的大型灯彩。

当时,和龚智瑜一起来上课的还有几位年轻人,但最终只有她坚持到了最后。龚智瑜选择留下来,是天赋,是毅力,更是因为她内心对于上海灯彩的热爱。

如今在五里桥街道社区文化活动中心2楼的上海灯彩传承人工作室边上,有一只大公鸡的灯彩格外引人注目,这算得上是龚智瑜的第一个作品,大家想不到一个初学者可以一下子把灯彩做得那么大,公鸡形象那么逼真。

原来,在2020年,龚智瑜和培训班的学员们接到了要为"红色筑梦 光辉历程——'四史'记忆与上海非遗主题展"制作灯彩的任务。当时吕老师正好生病,有一段时间没来工作室了。因此,龚智瑜主动揽下了"搭骨架"的核心任务。"如果一个人来做,可能要大半年的时间,所以我们就分工合作。记得当时是夏天,我们每天早上8点就来到工作室,一直做到晚上10点。"龚智瑜回忆说,之前的上海灯彩如果做大公鸡,一般身体就是缎面,但

作品 54：金鸡啼鸣

作品灵感源于毛主席诗词"一唱雄鸡天下白",作品主体是一只神化的金鸡,披着七彩的羽翼,高声啼鸣。中国的版图像雄鸡,围绕在祖国大地周围的是具有代表性的9个省市市花,它们含苞怒放,寓意着九九归一。

她觉得这样不够逼真,所以就和团队给这只公鸡贴上了羽毛,这又是一个浩大的工程。在日夜赶工和团队合作的情况下,雄赳赳气昂昂的大公鸡终于按期完成,在2020年7月参展并大获好评。

龚智瑜的家人也十分支持她。"我爸妈和我住得很近,他们主动帮我照顾家里和接送小孩。因为有时候创作某件作品需要一鼓作气,晚上加班,双休日也要加班。你有灵感了,就是有一种停不下来的感觉。"龚智瑜坦言,有些作品的小部件虽然可以带回家去做,但如果大家在一起分工做,效率更高,配合也更顺畅,所以当时所有人都主动留在工作室一起干活,再苦再累也毫无半句怨言。

如果作品创作遇到瓶颈,龚智瑜还会和学员登门去向吕协庄请教。吕老师虽然大病初愈,但对于徒弟们的问题总是有问必答,倾囊相授。

在吕老师的指点和学员们的共同帮衬下,龚智瑜的作品层出不穷,并渐渐有了自己的特色。

2021年6月,已有不少上海灯彩作品的龚智瑜被黄浦区文旅局授予"上海市黄浦区非物质文化遗产项目'上海灯彩'代表性传承人"的称号,成为"上海灯彩"最年轻的非遗传承人。

边钻研技艺,边传承发扬

如今,吕协庄上海灯彩保护传承工作室、上海灯彩"何协"

传承团队有十几名成员,龚智瑜是最年轻的一位。工作室的成员大都是到了退休年纪的阿姨爷叔,他们埋头专注的神情让人忘记了年龄,每个人都有自己所长,他们慷慨地与龚智瑜分享手艺和经验,共同度过无数个日夜,宛如一家人。龚智瑜说,这是她前行的力量之源。

作为团队里唯一的80后,龚智瑜的任务也最重——除了定期和其他成员在五里桥社区开展灯彩手工艺活动外,还要走出黄浦、走出上海,将上海灯彩的魅力带给全国人民。

"我们有时候走出去参加活动,老一辈灯彩传承人都知道上海有'江南灯王'何克明,但是对于后面的传承人未必了解。而现在全国各地的灯会,用的主要是自贡的灯彩,因为那边的技艺更适合大型灯会。"龚智瑜感叹,现在的上海灯彩有待"破圈"。

功夫不负有心人,她和团队的灯彩作品《荷美五鲤》成功入展第三届上海民间艺术成果展,作品《富贵长寿》《和美幸福》被广东熙和湾花灯博物馆收藏,作品《吉祥如意》入围中国民间文艺"山花奖"评选。在2024年央视播出的《新春非遗之夜》里,歌手许嵩一曲《燕归巢》唱罢,将手中花束形状的灯彩献给镜头前的观众——大特写之下,正是"上海灯彩"作品。

与此同时,龚智瑜也在为上海灯彩不断钻研新的技艺——从中国古代建筑中借鉴"窗棂"结构,打造"四季窗景"主题灯彩;从萧瑟和鸣中汲取灵感,为灯彩安装发声装置,让灯彩雀鸟开口"歌唱";以古典园林的水景为蓝本,让灯彩锦鲤张嘴,喷出七彩泡泡……在她看来,非遗传承不能守旧,而要创新:"从前的灯彩用蜡烛照明,亮度不够,有明火隐患。如今各式各样的LED灯泡、电子装置又能让灯彩发出更多色彩、更加明亮,这并非破坏传统,而是将创新思维带进了非遗传承。"

此外,为了打响"上海灯彩"在本地的

> 上海灯彩的立体动物实现了『有血有肉』的真实美感。

作品 55：豫园灯会　　创作者：李诗忆

豫园灯会以《山海经》为创作灵感，将传统与现代、时尚与科技完美融合，用灯彩邂逅东方物灵，用创新唤醒传统文化，使山海灵韵，熠熠生辉。蓬莱仙岛、福禄寿三鱼、司火烛龙、司水蟠龙、司金应龙、司木青龙，一个个耳熟能详的中国元素符号，用灯彩技艺呈现极致的中式文化视觉盛宴。

李诗忆

90后文创人、品牌策划人，入选"上海青年文艺家培养计划"。带领团队不断创新，以非遗设计理念为传统文化焕新赋能，连续两年受邀参与豫园新春民俗灯会的部分设计，形成文旅爆款，推动"非遗+市场+创新"的融合发展，让非遗成果成为与群众互动的文化纽带。

知名度，龚智瑜和她所在团队这几年一直在积极参与主题巡展、文化配送活动，尤其是在重大节日期间进社区、进园区、进校区。

这些年来，黄浦多所中小学校开设了灯彩传习班，让非遗走到社区百姓身边。龚智瑜则坚持去给孩子们上课，从小培养他们的兴趣，"希望能让更多人知道上海灯彩的存在和价值"，这便是龚智瑜一直以来的信念。

手作 tips

所需材料：
铁丝、绸布、编制带、金丝、装饰材料、皮纸、糨糊、白胶、透明强力胶、搓板、斜口钳、尖头钳、平头钳、镊子、剪刀等。

制作工序：

1. 准备工作：拉丝——把原丝拉升出一段长度，使其更易塑形；搓丝——把皮纸裁剪成纸条状，用搓板搓动铁丝，使皮纸条均匀包裹住铁丝；制作皮纸绳——把条状皮纸搓成纸绳，用来扎制骨架。
2. 制作骨架：把准备好的铁丝弯曲塑形，再用皮纸绳加糨糊扎紧铁丝拼接处。
3. 安装光源：在制作好的骨架里装上合适的光源，留出电线长度。
4. 裱糊：在铁丝骨架表面贴上布料，将骨架包裹住。
5. 制作装饰配件：用金丝制作鳞片、羽毛、花瓣等装饰配件及花纹，贴在布上后修剪备用。
6. 组装并总体调整：将制作好的装饰配件贴在裱糊好的骨架上，将作品主体与配饰组合固定，并将羽毛、鳞片、花瓣等立体造型进行细微生动调整。

叶榭软糕

朱燕
做好"米"文章

撰稿 | 周 洁

以叶榭软糕为核心,稻香民宿为载体,致力于传承米匠精神。

叶榭软糕

叶榭软糕始于明万历元年(1573),是上海地区传统名吃。叶榭软糕具有松、软、甜、香、肥五大特点。吃起来松软香甜而不腻,加薄荷更是夏日饮食佳品。叶榭软糕的复兴,正是源于"开放、创新、包容"的上海品格。

刚刚过去的五一假期,"八十八亩田"的创始人、叶榭软糕非遗传承人朱燕经营的民宿不出意外迎来了客满。好在朱燕早已熟悉了这种忙碌的感觉,作为"松江民宿001号",她的"八十八亩田"声名在外,民宿门口是充满生机的生态良田,另一侧有330亩"稻香森林"涵养林,许多客人为了品尝一碗地道的松江大米饭、一块正宗的叶榭软糕慕名到此。

朱燕的叶榭软糕与别处不同,四四方方的米糕上刻写着"欢

迎您到松江来"字样,外包装上标注着"1573"红色字样,透露着这块糕点的文化底蕴。新鲜轧好的松江大米,淘洗、浸泡,再晾晒、细筛,最后筛入蒸格。为了这一口热气腾腾的软糕,游客们心甘情愿地在此等候排队。如果还有雅兴,民宿的工坊里,游客还可以自己动手制作一份"叶榭软糕",而这一切,都是朱燕为城市旅人精心准备的乡村体验。

作品 56：龙年开运方糕

设计师以线条的流动和起伏柔化龙身，增加动感和艺术感，米糕搭配卡通龙头，新增6块定胜糕，给小朋友也送上祝福。新年是全家人的福，龙年行好运，吃糕步步高。

叶榭人刻在 DNA 里的味道

过去只闻"上有天堂,下有苏杭",殊不知后头还有一句"中有云间松江"。

早在6000年前,先民们聚集于此,繁衍生息。大约4000年前,第一批黄河流域的移民来到此地,与原住民共同创造了灿烂的广富林文化。松江也因此成为上海历史文化的发祥地,被誉为"上海之根"。

松江别号"云间",离不开1700多年前松江名士、西晋著名文学家陆云的推广。他在京城自称"云间陆士龙","云间"这个诗意的名词也成了松江的雅称。老上海的俗谚说"浦南点心三件宝,亭林馒头张泽饺,叶榭软糕呱呱叫",三宝之一的叶榭软糕,是其中历史最为悠久的点心。

叶榭位于松江区东南部,至今已有2000多年历史,是松江区域面积最大的一个镇,自古就是鱼米之乡。

朱燕是土生土长的叶榭镇人,从小吃着叶榭软糕长大。糕,音同高,"吃糕步步高"的好口彩让松江人家里一旦有大大小小的事情,都离不开这口糕。"小时候到了过年时节,家家户户都会做软糕,裹着自家做的豆沙馅儿,米粉也是按照每家自己的口味调制的,口感多少会有所不同,但味道都是那么香甜软糯。"

36岁那年,朱燕从城市回家乡创业,围绕着这一方米糕动起了脑筋。"2016年,我在松江农产品推广会上发现自己家乡特产

叶榭软糕很受欢迎,恰好我对大米也感兴趣,就决定回乡。"朱燕坦言,当时的她并不需要多少勇气,"因为民宿开在我们家的宅地基上,创业成本并不高,而且我对家乡的大米有信心,一定能做出些名堂。"

于是,她开始以叶榭软糕为核心,稻香民宿为载体,致力于推广叶榭软糕、松江大米的品牌文化,传承米匠精神。

据介绍,叶榭镇东与奉贤区庄行镇接壤,南与金山区亭林镇毗邻,西与泖港镇交界,北与车墩镇隔黄浦江相望,水运发达,

作品 57："一封家书"主题软糕

配合"一封家书"主题活动,推出"茸城好家教家书寄真情"叶榭软糕。做一份软糕,写一封家书,寄一份真情,袭一份传统,在"舌尖上的中国"里感受文化的传承与发展,体味家庭的欢乐与温暖,弘扬良好的家教与家风。

交通便利,明清时期就已经是船民的集结之地,叶榭软糕的诞生与这得天独厚的自然条件密不可分。

据传,叶榭软糕的创始人施茂隆观察到船民会在此地短暂停留,稍加补给后再次出发,看到了商机,研制了一款糯米糕,不仅看起来好看,让人在长途跋涉之后看着有食欲,同时香糯软滑,一口一个,特别方便。更重要的是,软糕可以存放,可以带在路上当干粮。这样美味又能够当作干粮的食物很快就流行开来,受到船员的喜爱,虽然记不住老板的名字,但叶榭软糕的品牌就此打响，康熙年间《张泽小志》就曾记道："宾鸿飞处白云垂，倦向山村寄一枝。叶榭软糕张泽饺，临风怅触几番思。"

网红美食何其多，但能流传四百余年的美食，自然有其独特之处。叶榭软糕也在这温情四百年中，逐渐成了刻在叶榭人 DNA 里的味道。

用市场思维推广非遗米糕

云间稻粒，叶榭米香。松江大米是沪上唯一稻米类国家地理标志保护产品，叶榭是农业大镇，优质的松江大米保证了叶榭软糕的质量，而通过数代点心师傅的配方改良，让叶榭软糕形成了软糯香甜的独特口味，具有松、软、甜、香、肥五大特点。

2011 年，上海米糕制作技艺被评为松江区非物质文化遗产代表性名录，不仅在上海地区广受好评，而且还出口国外，2021 年在第四届中国国际进口博览会上亮相。

为了寻到最正宗的老底子味道，朱燕在 2017 年拜师老师傅顾火南，接过"叶榭软糕非遗传承人"的衣钵，开始从头学习制作叶榭软糕的技术。

朱燕表示，叶榭软糕之所以在众多江南米糕中独树一帜，跟它的制作方法有很大关系。"许多米糕的配方中糯米占大头，而叶榭软糕选用当地优质粳米、糯米作为主料，按照 90% 白粳、10% 糯米古法比例配制而成，口感上糯而不黏，保存得当盛夏季

作品 58：状元糕

"以梦为马，不负韶华"。此款糕祝愿广大考生，提笔时将所有的智慧与勇气灌满笔尖，如同利剑出鞘，所向披靡；收笔时将所有困难迎刃而解，如同勇者归来，成竹于胸。无论是考试，还是人生，一次次交上答卷的刹那都有着收剑入鞘的潇洒。

节一周内不馊变。"

据介绍,叶榭软糕制作之前,粳米和糯米要在冷水中浸泡7天以上,每天换水,使米发酵成分全部挥发完,去酸。还需晾透水分,然后用石臼舂粉细筛3次,再用筛子筛入蒸格,辅以精细绵白糖和各色馅心,最后再用土灶木材加热的方式蒸熟,这才有了大家记忆里的古早味。

叶榭软糕有方糕、素糕和桂花白糖糕三个品种。每个品种各

作品 59：熊猫米糕

每一块米糕都仿佛一只活泼可爱的小熊猫，黑白相间，栩栩如生，让人一见倾心。品尝熊猫米糕，仿佛置身于竹林中与可爱的熊猫共舞，软糯的口感，淡淡的米香，让人回味无穷。

有特色，到了夏天，还会在糕点里加上薄荷，吃起来清清爽爽，可谓是夏日饮食中的佳品。

产品品质过硬，但毕竟不是酒香不怕巷子深的时代了。年轻的创业者深知这个道理，在朱燕看来，叶榭软糕是"上海味道"的代表，但一块糕点已经不是大家生活中的必需品，"在保证产品质量的前提下，我们应该卖体验、卖服务、卖文化、卖欢乐，很多消费者吃这块糕点，吃的是童年回忆，觉得有趣新颖，这应该是我们要抓住的东西"。

在这一思路的引导下，叶榭软糕不仅保持原有的口味，还变得更加好看、好玩。她把活字模板融入了软糕制作过程中，内容有美好寓意的"平、安、快、乐""良、辰、美、景""花、好、月、圆"等字样。"在我小时候，叶榭软糕是过年才吃的食品。但我想把它商业化，势必要在消费者心中营造出一种日用消费品的概

作品⑥：富林有礼

此款糕是广富林文化遗址店的"限定"软糕,紫色的紫薯馅、黄色的椰蓉蔓越莓馅、绿色的桂花豆沙馅、白色的榴梿馅,四款不同味道的软糕,配上"迷你"广富林文化遗址建筑,组成了"富林有礼",颜值很高,又有特色,成为很多游客来广富林文化遗址游园的必买伴手礼。

念。比如当家里有什么事情要庆祝，或者送人的祝福礼伴手礼等，在糕点上印字，就满足了这方面的消费需求。"

正是在"品尝的是美食，送出去的是礼品，回味的是文化"思路下，朱燕将叶榭软糕"礼品化"，比如每年到中秋前后，她会策划推出叶榭软糕月饼版，设计专门的国潮礼盒，定制专属的中秋月兔形象糕点，将传统糕点以月饼的形式进行融合创新，成为城市人拿得出手的伴手礼。

叶榭软糕得到了市场的认可，先后在广富林文化遗址和泰晤士小镇开起了旗舰店，门面不大，但干净清爽，装修风格也是朱燕团队精心设计。"每一家店，我们都会在保留自己特色的同时，跟这个地区的文化和建筑风格相互融合，这样的话，你的味道是传统的，但是理念是新的，消费者更容易接受。"

这些年轻化的营销推广思路得到了市场的认可和喜爱，每当季节限定款上市时，叶榭软糕门店内都是排队的游客。此外，通过直播、体验制作等方式，叶榭软糕的影响力不断提升，既创造了经济效益，也推广了松江的美食文化。种种创新之举，不仅体现了传承人对传统技艺的热爱，更彰显了上海这座城市"开放、创新、包容"的城市品格。

米糕背后的乡村振兴新模式

创业之初，朱燕将自己的品牌命名为"八十八亩田"，这个名字倒不是说朱燕家真有八十八亩田，"八十八拼起来就是'米'字，我想借此深入挖掘稻米文化、潜心做好大米事业"。

叶榭软糕受到青睐的同时，朱燕种的松江大米也受到了市场的广泛关注，头脑灵活、敢作敢为的她决定顺势而为，着手扩大松江大米的品牌效应——主打米文化，因米而生、因米而兴的"八十八亩田"，跟米磕到底了。

朱燕介绍，"八十八亩田"打造的是三产融合的模式：一产，成立合作社，联合12个家庭农场主，共同推出"八十八亩田"大米品牌；二产，"叶榭软糕"等米食产品传播美食文化；三产，乡村民宿助力旅游服务业发展。

2019年，按照朱燕的种植标准，合作社所种植的1838亩水稻田全部获得"绿色稻谷"和"绿色大米"标志。大米品质有保障，回头客也越来越多。合作社从种植水稻、收割稻谷、生产大米到加工软糕，逐步建立起完整的产业链。

> 品尝的是美食，回味的是文化。

2020年,朱燕团队以八十八亩田为蓝本基础,成立上海入木田实业有限公司,承租村内闲置农房,联合本地12户家庭农场,成立上海子田农业专业合作社。"子田背后也有深意,即坚持生态发展,将好土地、好田地留给子孙。"朱燕说。

2021年6月,朱燕团队筹建的"大米体验馆"开馆。这是一所建设在稻田中间的大米文化体验馆,也是松江首座以米文化为主题的亲子体验馆。"大家能够在这里了解稻米的农耕历史和农科技术,也给孩子们一个学习知识的平台。"

从一个人开始创业,到如今组建起四十多人的团队;从卖一块糕,到现在升级做品牌,回顾创业这些年的经历,朱燕不以为苦。"很多人问我创业是不是遇到了很多困难和挑战,我不觉得。我是一个乐天派,习惯了向前看。而且这一路我遇到的贵人实在是太多了,有他们的帮助,我的事业做得很顺利。"而朱燕最大的愿望,是希望通过自己的这些探索,让松江大米成为有奔头的产业,农民成为理想职业,农村变成安居乐业的美丽家园。

手作 tips

所需材料:
大米(磨粉)、馅料、模具、蒸锅等。

制作工序:
1. 筛粉:将磨好的大米粉用细筛筛入模具。
2. 挖坑:用定制的刮尺,挖出放馅料的陷坑。
3. 挤馅:把提前做好的豆沙、紫薯、枣泥、南瓜等各式馅料挤入坑中。
4. 覆粉:用细筛筛粉把填好的馅料盖住。
5. 脱模:用巧劲把模具与米糕糕体脱离,要注意左右均匀用力,不可手抖,以免破坏糕体。
6. 蒸煮:放入蒸箱蒸煮20分钟,出炉。

上海剪纸

> 在掌握传统技艺的基础上创新求变,寻求发展,才是比较牢靠的、有根基的。

奚小琴
一把剪,一张纸,半生缘

撰稿 | 应 琛

剪纸

剪纸是中国常见的传统民间艺术之一,历史悠久且种类繁多。其中,上海剪纸形成了集南北之长的海派特色,豪放而不粗糙,细腻而不呆板,注重形式美,充满生活气息,在全国各类剪纸中占有独特的地位。

位于上海市汾阳路、太原路交接处，一座被老上海称作"小白宫"的建筑令人瞩目，这里是上海工艺美术研究所的所在地，如今它又多了一个名称——上海工艺美术博物馆。现在这里不仅是上海工艺美术的研究基地，也是不少游客拍照打卡的景点之一。

在合抱式楼梯左手边，有一道隐蔽在树丛中的大门。推门而入，长长的走廊两边被整齐地分隔成独立小间，每个房间是各类手工艺的工作室、陈列室。工艺美术大师奚小琴所在的剪纸工作室就在走廊的深处。

工作室陈列架上摆满了奚小琴的作品。其中，子、丑、寅、卯……十二生肖动物跃入彩纸上，惟妙惟肖。

博物馆每天开放，由于研究所和游客的需要，1956年出生的奚小琴在退休之日就被返聘回来，如此算来，她已在这张剪纸工作台前忙碌了半个世纪。

特级大师慧眼识金

上海剪纸大约出现于20世纪初。当时的上海滩聚集了一批早期闯荡上海的剪纸艺人。他们游走

作品 ⑥1：守护初心

张人亚是中共建党初期的党员，1927年白色恐怖笼罩上海滩，他冒着生命危险带了一大包党的文件书报秘密回乡，委托父亲代为秘藏。为掩人耳目，其父为儿修建了衣冠冢，把这包重要文件秘藏于空棺内。直到解放，老人开棺取出文件，交还党、人民政府。张人亚生前保护下来的革命文物多为一级文物，其中一本《共产党宣言》是我国现存最早的中译本之一。该作品作于建党100周年之际，将这段感人历史以剪纸展现。

在城隍庙、八仙桥（大世界）、提篮桥、玉佛寺、龙华寺等人流密集处，根据顾客的需要创作售卖各种绣品底样。

"当时，剪纸是实用美术，主要被用作鞋花刺绣底样。"奚小琴回忆道，除了各种各样的吉祥图案，"上海是中国电影的发源地，当年看电影是非常新潮的，这种文化生活也被反映在鞋花上，会有电影名称，还会有英文字母等，都是非常时髦的剪纸花样。"

后来随着工业的发达，绣鞋花的人越来越少，剪纸也就慢慢退出了实用舞台。

20世纪50年代中期，上海工艺美术研究室（1979年更名为上海工艺美术研究所）开始组建，昔日上海滩手艺一流的鞋花剪纸艺人王子淦被筹备组请到研究室，开始了有保障的剪纸创作。他继承了传统技艺，但又从鞋花的弯月形中解放出来，将北方剪纸的粗犷豪放和南方剪纸的细腻流畅融为一体，逐渐发展形成了独特的艺术风格。他的作品简

作品 62：黛瓦绿叶

作品作于20世纪90年代,灵感来源于作者到嘉善西塘采风,在农家小楼午餐,推门站在小阳台望去,粉墙黛瓦,绿树点缀,别有情趣。

练夸张,装饰性强,花鸟鱼虫、飞禽走兽、山水风景、人物建筑无所不备。

彼时的奚小琴才刚刚出生,自小就爱画画,曾拜李咏森、冉熙为师,学习水彩画。1973年,研究室到中学挑选学生,招考老师一眼相中了有绘画特长的奚小琴。17岁的她在单位摸底测试中,凭借一幅"养小鸡"的人物画作品,被"江南神剪"王子淦相中进了剪纸组。

正是王子淦的慧眼识金,致使后来奚小琴在这个艺术门类脱

颖而出,并成为今日的掌门人之一。

当学徒,上海人俗称"吃萝卜干饭",一般要三年。奚小琴的学徒生活从单调枯燥的基本功开始,方块圆圈、圆圈方块,手拿剪刀,成天在纸上剪呀剪,手上起疱、结出老茧。王子淦老师严格要求,一丝不苟,一种基本功不达标不过门,哪怕只差分毫也要从头再来。

王子淦之所以被称为"神剪",是因为他不打稿,不用样,左手拈纸,右手握剪,纸转剪动,嚓嚓之中,作品便活灵活现地诞生了。这样的技艺让奚小琴由衷佩服,她暗下决心,一定要将师父的技艺学到手。

反复单一地练一个图案让一直喜欢创作的奚小琴十分难受,但她坚持了下来,直到能一丝不苟地脱稿剪出王老师满意的图形,才换下一个图形的练习,如此锻炼出了眼力,锻炼出了剪刀的把握力。

2008年,"上海剪纸"被正式列入第一批国家级非物质文化遗产代表性扩展项目名录。2009年,"上海剪纸"作为九省市之一,组团以"中国剪纸"申遗,经联合国保护非物质文化遗产政府间委员会评审通过,中国剪纸列入

> 既有民间传统,又有时代气息。

《人类非物质文化遗产代表作名录》。上海剪纸成为中国剪纸中的一支重要流派,后又增加到二十多个地区。

奚小琴与师兄赵子平一起被评为上海市级非遗代表性传承人。此后,因为奚小琴在传播推广海派剪纸艺术上的努力,2012年又被评为国家级非遗代表性项目剪纸(上海剪纸)国家级代表性传承人。

王子淦曾经这样评价奚小琴的剪纸:"既有民间传统,又有时代气息。特色是取题有趣味性,富有生活气息,造型活泼,构图匀称美观,用色和谐,为我学生中佼佼者。"

转制带来的阵痛

改革开放前,上海工艺美术研究室是事业单位,运转资金国家全额拨款,老艺人们的工作是研究和创作。彼时,剪纸工作室的创作成果主要用来参加各类工艺美术展览,以及作为礼品赠送国内外政府代表团和文化交流团。

直到 20 世纪 80 年代,研究所逐步转制为企业,见证了改革开放后的变化。研究所从纯粹的研究单位变成了具有针对外宾销售工艺美术品、为国家创汇的服务型单位。

"大批外国游客涌入中国,很多人都来这里参观购买工艺美术品。有时旅游团一来,剪纸就卖空了。那时,一张 32 开的剪纸,只卖 1 元;再小点的,五毛钱。"奚小琴还记得,王子淦老师创

作品 63：追梦人

创作者：李诗忆

"我们都在努力奔跑，我们都是追梦人"。在新时代的背景下，上海正以蓬勃发展的速度向新中国成立75周年致敬。作品刻画了奋力拼搏的两位年轻跑者剪影，将上海经典地标元素穿插其中，以聚光灯效果为整体构图，传达出时代奋斗者的精神。

李诗忆

90后非遗海派剪纸代表性传承人。致力于将新生代海派文化解读方式融入国际设计理念，关注城市灵感，传达海派剪纸技艺价值。促进非遗融入当代生活，让更多年轻一代认识了解海派剪纸，向世界传达海派文化，让老外看到一个更有细节的上海。

作的一张四开大小的"大公鸡"作品,直接卖到了15元。

"上级单位知道后,说王老师一只'鸡'卖这么贵啊,比活鸡卖得都贵,活鸡当时才5元钱一只,而王老师的一张纸能卖15元。"说到此处,奚小琴不禁笑了起来。

但随之而来的是国家对全国各工艺美术研究所的转制,事业转企业,拨款逐年递减,直至20世纪90年代,拨款全面停止,完全依靠销售维持经营。

一批上了年纪的老艺人退休了,年轻的或出国、或转行,曾经响当当的黄杨木雕、竹刻、瓷刻、绒线编织、象牙细刻……一个一个从研究所消失了。

"我们剪纸还算卖得不错,但也是举步维艰。"奚小琴坦言,为了完成销售任务,她不能只"追求内心表达、渴望艺术表现"来创作,而是会向"精致、功夫大"的方面倾斜。比如,孔雀开屏、敦煌藻井图,以及结合了河北蔚县细纹刻纸纹样的凤凰牡丹、云龙,都是那个年代极为好销的题材和形式。

进入新千年,国家意识到传统手工艺逐渐消失的问题,全面开始了对非物质文化遗产的保护。2002年,上海工艺美术博物馆正式开馆,结束了曾经只对外国游客开放的历史,并且努力恢复一度消失的传统手艺。

"2009年起,随着'非遗'深入,各方面变化都很大,政府有了保护意识和扶持津贴,文联和非遗中心也组织各种活动,整体状况比20世纪90年代大为改观了。"奚小琴感慨万千。

2010年,1987年出生的石勤玲到上海工艺美术研究所应聘,被奚小琴收入门下。和当年师父王子淦一样,奚小琴也是手把手地训练石勤玲的基本功。

"好在小石头坚持了下来。"说起这个徒弟,奚小琴也很是欣慰。如今,石勤玲已成为上海剪纸徐汇区区级非遗传承人,也是目前上海最年轻的剪纸传承人。

在传统的基础上求新求变

在工艺美术博物馆曾多次有过这样的趣事,来参观的老外,时常会在地上搜集他们剪下的"残骸",如获至宝地收藏起来。原来上海剪纸的一刀连续不断剪法形成的一个阴刻外形,也很形象,这不由刺激了创作的灵感,由此"阴阳剪纸"应运而生。

20世纪80年代,奚小琴在电视中看到云南的傣族姑娘在河边洗发,洗完后旋转起舞,秀发随之旋转飘飞。这样的动感美让她激动不已。她由此想到国外盛行的各种纸艺,剪纸通过折叠不也能让她站立起来吗?就这样,立体剪纸《舞》诞生了。

同样,在毛里求斯,看到泳池边一位身着长裙的非洲姑娘旋转起舞。顿时彩裙如旋转之花,美不胜收。奚小琴这次改用彩色纸,巧取天然,因色施艺,创作了又一个巧色立体纸艺作品《舞裙》。

奚小琴的作品灵感,不仅来自花鸟鱼虫、人物、走兽、风景建筑这些具象的东西,一些抽象的表达同样能够在她的作品中看到——如今被博物馆收藏的作品《四季歌》,正是奚小琴于2004年创作的画彩阴阳剪纸。作品表现了一年四季的丰富多彩,大自然的和谐韵律,以变化的人形代表春风、秋风,以及夏天的水、冬天的雪,还配以因季节而出现的各种生物、自然景象,其中点缀以音符组成一幅华美图画。

在刻纸方面,奚小琴也做出过创新的尝试。在创作《朱家角》这一作品的过程中,奚小琴认为光洁的线条不能很好地表现水乡老建筑古朴的感觉,她使用了一种创新的装饰手法,将转刀法融入拉直的线条当中,再加上水彩,让水乡的景色跃然纸上。

"我的风格可以说是什么都会去尝试,画稿、脱稿剪都没问

作品 64：四季歌

作品以彩色阴阳剪纸呈现，表现一年四季的丰富多彩，大自然的和谐韵律。以变化的人形代表春风、秋风以及夏天的水、冬天的雪。配以因季节而出现的各种生物、自然景象，其中点缀以音符组成一幅华美图画。

题。但我一直强调,剪刀剪纸一定不能放掉。"在奚小琴的抽屉里,有一把看上去并不精致,刀口却极好的手工剪刀。这把剪刀跟了她几十年。

"还是它用起来最顺手。"只见奚小琴手握剪刀,面对红纸无需草稿,凭借50余载磨炼出的深厚功底,随心所欲地裁剪翻飞,瞬息间,一条充满生机活力的龙便跃然纸上,令人叹为观止。

在奚小琴看来,万变不离其宗,其根不能忘。首先要把剪纸最传统的东西学好,在这个基础上再创新求变,寻求发展,才是比较牢靠的、有根基的。

近年来,奚小琴也在不断地探索适合上海剪纸技艺的传承方式——从传统的师带徒,到进入校园传播中国传统文化,在当地文化馆开展讲座等。最近,她又在配合非遗保护中心拍摄上海剪纸相关纪录片。奚小琴表示,上海剪纸是优秀的传统工艺,如果失传是非常可惜的,只要是有利于非遗传承的事情,她都会积极去做。

尽管剪纸艺术展在国内外办了不少,但这几年时兴的剪纸"新玩法",却也让这位老手艺人直呼"想不到"。令她印象比较深刻的是,前几年参加的一场Converse(匡威)新年玩创系列活动。传统的剪纸和潮鞋组合在一起,在鞋面的特定位置,消费者可以自己动手,用剪纸艺术的呈现形式,剪出属于自己的"鞋花",打造独一无二的新春球鞋。

"虽说只是一场活动,但看到国外大牌潮牌也从中国传统剪

作品 65：浮生半夏　　　　创作者：李诗忆

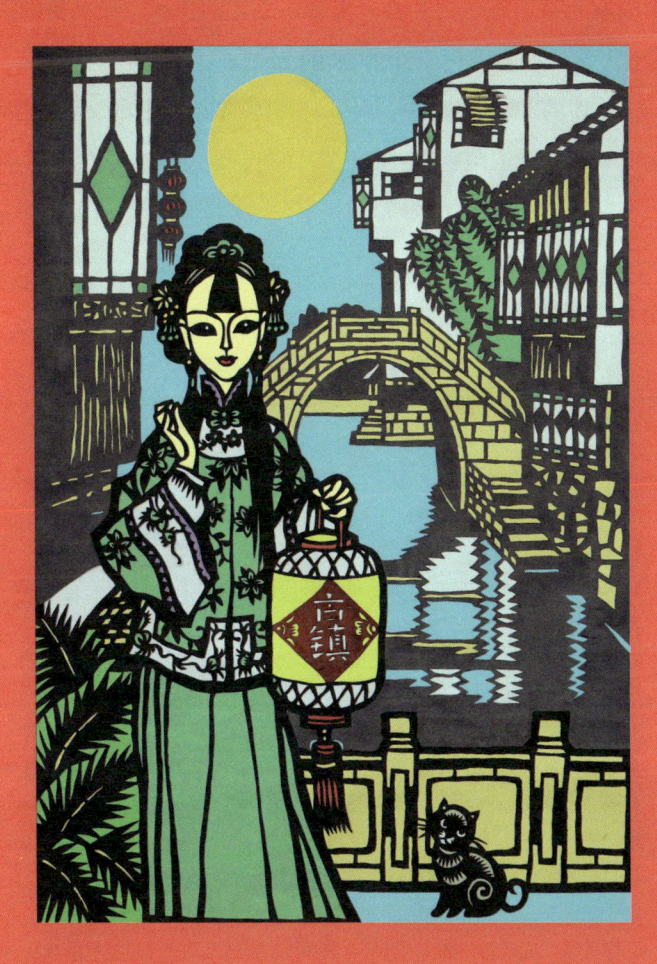

作品以江南的仲夏之夜为创作主题，用剪纸的形式勾勒了一幅美丽生动的江南水乡。其宛如一幅流动的画卷，一曲未完的乐章。既有静谧的美，又有生动的韵，让观众不知不觉间沉浸其中，放下心中的烦恼与忧虑，享受这份来自江南夏夜的馈赠。

纸中汲取元素，还是很开心，传统手工艺的传承，最重要的一点就是让年轻人喜欢！"奚小琴表示。

让非遗的文化财富薪火相传，在装点城市生活的文明美丽中，转化成一种崭新的跨越发展表现力，奚小琴始终在努力。

手作tips

所需材料：
一把剪刀、两张不同颜色的纸（一张手工纸，一张大小需超过两张手工纸的背景纸）。

制作工序：
1. 剪花心和花瓣：从手工纸短的一侧中间开口，剪出梅花花心，转180°剪梅花花瓣。
2. 剪枝丫和小花苞：从花瓣末端延出半圆形的枝丫，与梅花形状相应。枝丫上配些小花苞，形状可以有所变化。
3. 剪小鸟：从枝头处，向纸张开口的另一侧剪一只小鸟。先剪一段圆弧作为小鸟的腹部，再向上剪出小鸟的头部轮廓。其中，小鸟的眼睛需要开口剪进去，并镂空。头部轮廓完成后，顺势剪出翅膀的形状，尾巴处向上翘。
4. 剪枝丫：小鸟剪完后往下延，剪一束有花苞的枝丫，分枝感与前一束应有差异。至枝丫下部，剪半朵梅花。
5. 贴剪纸：完成后，按个人喜好，将剪纸、被镂空的手工纸顺势贴放至背景纸上，并把剪下来的部分贴在对应的镂空处。注意贴的时候蘸取糨糊，横扫在剪纸下部，先粘一部分，再按另一部分在背景纸上，避免鼓包。

安亭

药斑布

> 非遗不是放在博物馆，而要走进生活，实用才是最好的传承。

柳玉成
布上青花，玉汝于成

撰稿 | 吴 雪

药斑布

药斑布又称蓝印花布,是江南一带的传统印染工艺品,安亭药斑布至今已有800多年历史。药斑布的透气性非常好,有防蛀、防霉的功效,长期储存都不会褪色。其花纹各异,不同花纹也带着不同的寓意,或对称,或带色晕,主题空而不乱,极富美感。

蓝印花布源于秦汉,兴盛于商业发达的唐宋时期。在嘉定安亭及周边的乡村,每逢家有喜事都会选上二尺"安亭药斑布"。

药斑布有着近千年的传统,纹样丰富、寓意美好。2009年,"安亭药斑布"被列入"第二批上海市非物质文化遗产名录"。柳玉成与药斑布结缘是命运的安排,柳玉成出生于1972年,是第三代安亭药斑布传承人。她原是一名新疆石油工人,回沪后不

久，机缘巧合接触到了"安亭药斑布"，被其古韵和魅力吸引。

2015年初，柳玉成拜入王元昌先生门下，接力先生，开始了"安亭药斑布"传统制作技艺复原。柳玉成说，在药斑布上，她尽情挥洒自己的热爱，甚至把药斑布当作自己的终生事业，希望通过一代又一代的传承，为保护非遗文化贡献更多力量。

美的定义，布上青花，玉汝于成。用柳玉成自己的话说，她爱的就是这抹流传近千年的"中国蓝"。

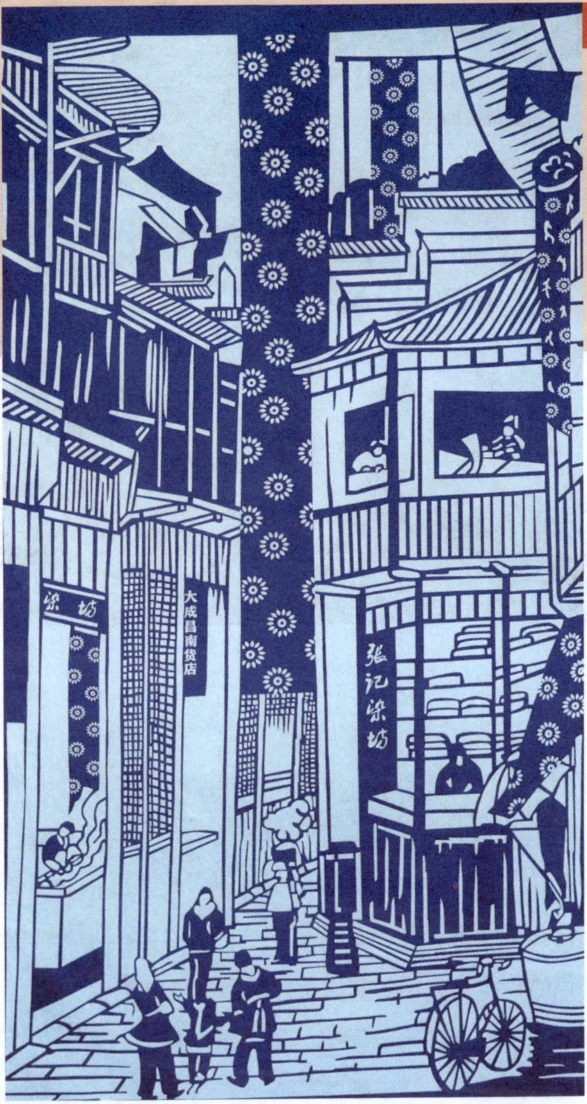
染坊
大成昌南货店
張記染坊

作品 ⑥⑥：安亭老街

作品用药斑布印染技艺把93岁的师父王元昌画的七十多年前的安亭老街表现出来。画里有挂着药斑布的各家染房，师父小时候经常到同学家的张记染房去玩，在那里学会了药斑布的整套印染技艺，药斑布也是从这条老街走向了全国各地。

遇见药斑布，师从王元昌

4月20日，在2024年F1中国大奖赛的外围展台，柳玉成与徒弟，以及几个同样精通手工技艺的小姐妹，共同为非遗主题搭建了一方靛蓝色的天地。从热闹的F1主场地一路穿行而来，进门后瞬间感觉眼前的世界被滤色，唯独留下蓝白相间的视觉体验，心也随之静了下来。

围巾、果盒、抱枕、包、扇子，展台上有很多与汽车纹样相关的药斑布产品。柳玉成的设计灵感来源于赛车文化中最具代表性的象征标志——黑白方格旗。在冠军冲过终点线的瞬间，工作人员会在终点处挥舞旗帜，代表了胜利与荣耀、速度与激情。

柳玉成说，药斑布看似朴素，实际有着悠久历史。据史料记载，蓝印花布印染技艺被称为我国古代三大印花技艺之一。蓝印花布又称"药斑布"。《古今图书集成》卷中记载："药斑布——以布抹灰药而染青，候干，去灰药，则青白相间，有人物、花鸟、诗词各色，充衾幔之用。"药斑布出自嘉定及安亭镇，是以天然植物蓝草汁液为染料，用石灰、豆粉合成灰浆烤蓝，通过刻版、刮浆等多道印染工艺制成。

之所以叫"药斑布"，是因为靛泥染料由缪蓝或山蓝自然植物叶子制成，蓝靛的靛叶叫板兰根，有中药里的凝神之效。柳玉成进一步解释道，其制作工序也较复杂，它的防染糊用黄豆粉和石灰粉调制而成，刮在半湿半干的坯布上，来回刮三次收浆。所用靛泥染料需经过六至八次反复入缸染色。晾晒充分后，用刮灰刀刮去灰浆，药斑布的美就自然显现出来了。

作为上海药斑布印染技艺非遗传承人，柳玉成并非一开始就学习了这项技艺。2012年以前，在经历过商海沉浮之后，三十几岁的柳玉成迷上了手工，平时喜欢捣鼓东西，也发现自己身上的天赋。2012年，为了学习世界潮流的黏土雕塑，柳玉成离开老家新疆奔赴上海发展。浪漫勇敢的性格本色，给予她一个拥抱变化的全新开始。

2013年，柳玉成开始接触药斑布，缘起于一位上海老人王元昌。师父王元昌是上海市非物质文化遗产安亭药斑布的第二代传承人。早年跟随宋文治先生（当代山水画八大家之一）习画，对

作品 67：龙纹斑姑娘

安亭药斑布始于南宋，丰富的纹样里寄托着美好的寓意，闪耀着生活的智慧。以书法龙字做纹样的药斑布融合了传统工艺与现代审美。斑姑娘穿的这款长裙采用药斑布印染技艺，一针一线缝制出来，每一个细节都凝结了匠人的心血与智慧。它不仅仅是一个人偶，更是一件艺术品，一种文化的传承。

作品 68：《土地的勋章》——二十四节气茶席

作品的纹样以传统文化中的二十四节气为主题，通过蓝白色彩重现节气文化的千姿百态。作品以一些很常见的农作物和蔬菜元素为原型，将外形设计得像勋章一样，穿插在二十四节气中，并用线条连接起来。整个画面中的线条纵横交错，犹如一条条田间的小路，把这些元素融合在了土地上。既简约时尚，又具有一定的装饰效果。

艺术有自己的独到见解。13岁那年，他迷上了自家隔壁张记染坊的药斑布制作，学生时代又有着学画的功底，艺术与技术两相结合便一发不可收拾。

就这样，王元昌开始给染坊制版画，一画一刻就是30年。无情的时代列车碾过，王元昌成了把安亭药斑布延续下去的一点星火。王元昌看到柳玉成身上的韧劲和热爱，决定收她为徒，将安亭药斑布的传承使命交给她。

药斑布图案多取材于百姓喜闻乐见的民间故事、戏剧人物，但更多的是由动植物和花鸟组合成的吉祥纹样，采用暗喻、谐音、类比等手法尽情抒发了民间百姓憧憬美好未来的理想和信念，因此在民间的传统风俗中，它占据了相当位置。

"有鹿有凤，福禄双全，鹤代表长寿的意思，福禄寿还有一些寿桃，形成了非常吉祥喜庆的画面。"柳玉成说，以前女儿出嫁时一定要带上母亲早已准备好的一条用靛蓝布做成的饭单，这

作品 69：手腕包

作品材质为药斑布和真皮，是传统与时尚结合的一款跨界作品。款式为市面流行的经典款，纹样为当下年轻人喜欢的样式，手工缝制，做工精细。

样的习俗是显示女儿嫁到男家后"上得厅堂,下得厨房"。

慢下来,静下心来

柳玉成说,药斑布的花纹不复杂,做起来却非常耗时耗力。以往她们承接过一些加急订单,需要在很短的时间内呈现效果,而纹样不可能走捷径,要一步步来,就需要大家加班加点。

另外,在药斑布的技艺上也会出现一些瓶颈。比如,前段时间,复原南北朝的纹样和服饰,柳玉成不知道他们怎么染的,就挖掘出当年的图样,反复尝试和创新,一次次失败,再一次次试验。

"一块作品要尝试多次才能达到效果,染的次数多了,手上会沾上蓝色染料,看起来脏脏的,有一次我们的老师去上课,还被人误解是不是手没有洗干净。"柳玉成说,非遗传承人需要慢下来,静下心来,更需要注重"手作"二字。

随着现代技艺的变革发展,药斑布的制作步骤,部分可以用机械替代,但柳玉成并不习惯,她总觉得机械的东西少了一些灵魂在里面。

比如,药斑布的制作流程,刻版是较为费时费力的,由于在牛皮纸上雕刻图案和花纹,纹样之间要靠短线、碎点连接,刀功的好坏则直接决定了花版的质量。但柳玉成坚持手作刻版,她说没有刻版手疼的痛苦,就没办法体会到怎样让一个作品成功地体

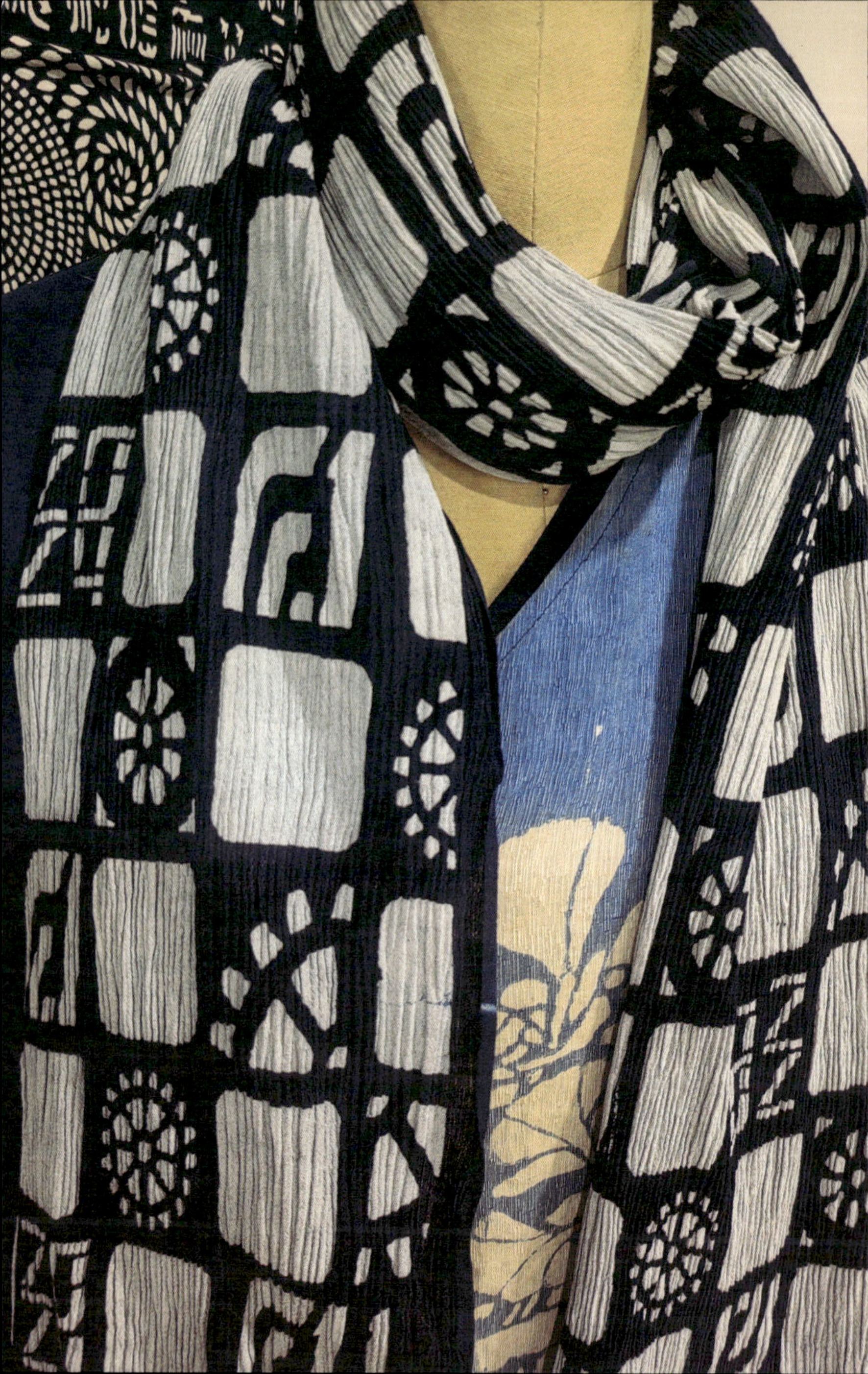

作品 70：F1 围巾

> 这款安亭药斑布作品精心设计，充满了 F1+FE 标、棋盘格、车轮、方向盘等 F1 赛车元素，祝 2024-F1 上海中国大奖赛活动圆满成功。安亭阳光家园的残疾孩子用这样的布做出围巾，想送给中国第一位赛车手周冠宇。

现出来。

不过，因为手工制作的高成本，药斑布早就不是一种主流面料了。但蓝白相间的药斑布，亲切又高冷，带着民族复杂的感情在世间行走。

柳玉成的工作室里有一面药斑布"集邮墙"。镜框里镶嵌着几百种药斑布，这种集邮般的聚集，让药斑布产生了一种趣味的呈现。无论客人的审美点在哪里，总能在这面墙上找到倾心的那一款蓝白色。年轮截面与饼干图案、瓷器上的纹样和汉代铜镜上的图案、敦煌藻井图和江南的凤穿牡丹、棋盘格和虎皮纹。让人有一种想把外婆的宝藏布料穿出去的浮想联翩。

2015 年，柳玉成通过安亭文体中心获得了市民文化节百强手工达人称号，开设了很多手工课程，将药斑布非遗技艺带进了校园、园区、社区等。

实用是最好的传承

非遗不是放在博物馆,而要走进生活,实用才是最好的传承。

药斑布是绘画艺术+雕刻艺术+印染艺术的产物。背靠着五千年文化,纹样的宝库简直取之不竭,但柳玉成觉得光传承不行,得有自己的想法。每一年,她都在琢磨新的原创作品,并把这些作品应用于日常生活场景中,朴素中饱含着品质,只有使用,药斑布才会产生更多的精彩。

为了更好地让药斑布与现代表现形式结合,柳玉成创立品牌"玉成蓝",探索药斑布更大的可能性。柳玉成的药斑布非遗文创品牌"玉成蓝",也是上海大学上海公共艺术协调创新中心孵化非遗+项目成果,不断向量产开拓。

柳玉成还做了很多尝试。考虑到当今社会的审美,药斑布与老绣片、织锦、老蜡染、热转印可以组合混搭,做成服装、包包、书衣等文创产品,真正应用到日常生活中。以二十四节气为主题创作的《土地的勋章》,用时令作物代表季节,大圈是一年四季的植物,小圈是二十四节气名,该作品纹样的变换体现了四季轮回的全景图。

《土地的勋章》作为柳玉成这两年比较满意的作品,开发了很多周边延伸产品。比如,芒种抱枕作品主画面是有"芒"的麦穗,麦穗上跳跃着蟋蟀,仿佛能听到它动听的叫声:麦花香里说丰年。

柳玉成还尝试过非遗技艺与历史题材的完美融合,其作品《千古常青》布面上枝繁叶茂的盛景描绘的是被誉为"上海第一树"的古银杏树,这棵树在安亭扎根了1200多年,是嘉定历史的见证者。

目前,柳玉成的多个作品被当作嘉定文化的展示品,不断涌现在多种多样的区域交流场合。在柳玉成看来,扩大药斑布的传统使用范围,全方位转化为衣食住行的载体,让这门技艺融入日常生活的方方面面,这已经是不少传承人之间不约而同的默契。

2020年9月,随着安亭师范附属小学新校舍的启用,柳玉成和学校一拍即合,"安亭药斑布"便走进校园,开辟了传统文化特色课程。小学生们跟着柳玉成学习制作技艺,设计药斑布服装,做装饰品等,充分展示出这项传统技艺的魅力。

为了让学生近距离接触非遗文

> 从纤纤玉手到浊浊苍蓝,她的手越染越蓝,内心也越来越坚定。

化，校园还特意开辟了蓝草种植地，供学生种植印染材料——蓼蓝草。目前，已经有10个小小传承人通过三年学习结业了。柳玉成认为，只要能接触到药斑布的人，都能称为药斑布的学习者、推广者和弘扬者。让更多人站在讲台上，一代又一代地传承下去。

从纤纤玉手到浊浊苍蓝，柳玉成的手越染越蓝，内心越来越坚定。柳玉成说："以天然植物印染布料是中国人与自然和谐共处的生活方式，以纹样赋予吉祥祝福是民间朴素的情感表达。凭借这两点，药斑布不会消失，它吸引着一代又一代的人加入这个药斑布创作者联盟。"

手作 tips

所需材料：
药斑布、单色布、圆规、卡纸、针线、香料、PP棉、挂绳、流苏。

制作工序：
用圆规或16厘米的圆盘在卡纸上画出一个圆，圆卡纸放在选好的两块布上画出线，留7毫米的缝份剪下；两块布面对面在反面沿线缝合，留返口不要缝；用熨斗或手指把缝线边缘压平；翻过来压平，用藏针的方法把返口缝合；四折找到中心点，对折到中心点缝合，可根据自己喜欢的图案有两种不同的折法；沿针的位置缝合三瓣花，留一瓣塞香粉和PP棉；两头挂上好看的中国结和流苏，中心位置也可缝漂亮的装饰珠。

金山农民画

曹秀文
用一支画笔描绘乡村振兴

撰稿 | 金 姬

> 能传承下去的不仅是绘制农民画的手艺，还有对家乡的一份「乡情」，这才是农民画的文化之根。

金山农民画

金山农民画兴起于 20 世纪 70 年代,源于民间的蓝印花布、灶头壁画、剪纸、刺绣、编织、木雕、砖刻、泥塑等传统工艺,有着广泛的群众基础。以江南水乡、风土人情和现实生活为主要题材,构思质朴、着色鲜明、对比强烈、夸张多变,朴中见雅、拙中藏巧,有着强烈的生活气息和艺术表现力。

位于上海金山区枫泾镇中洪村的中国农民画村,阡陌交通、河道纵横,其中几栋复古的江南老式民居,正是来自全国各地的农民画家的工作室。

土生土长的中洪村民曹秀文是这里的入驻画家,她的经历尤为坎坷和传奇——直到 14 岁才上学,但 18 岁开始就跟着下放到金山的一批上海画家学画画,有灵气、悟性高的她在 22 岁时荣获中国农民画展一等奖,荣誉和奖项在随后几十年接踵而至,甚至基辛格都来买过她的画。

过去半个世纪,热爱绘画的曹秀文创作了 200 多幅风格自然、

朴素、具有浓厚生活气息和民间特色的金山农民画,许多作品先后在多国巡展,还被联合国教科文组织授予"国际文学书画艺术大师"称号。

作为上海市第一批非物质文化遗产项目金山农民画艺术代表性传承人,如今的曹秀文在创作之余也更加注重传承工作,她收了不少学生,除了从小跟随她学习的女儿和侄女,更多的是来自五湖四海的农民画爱好者,甚至还包括两位日本友人。在她心中,能传承下去的不仅是绘制农民画的手艺,还有对家乡的一份"乡情",这才是农民画的文化之根。

作品 71：春日桃花

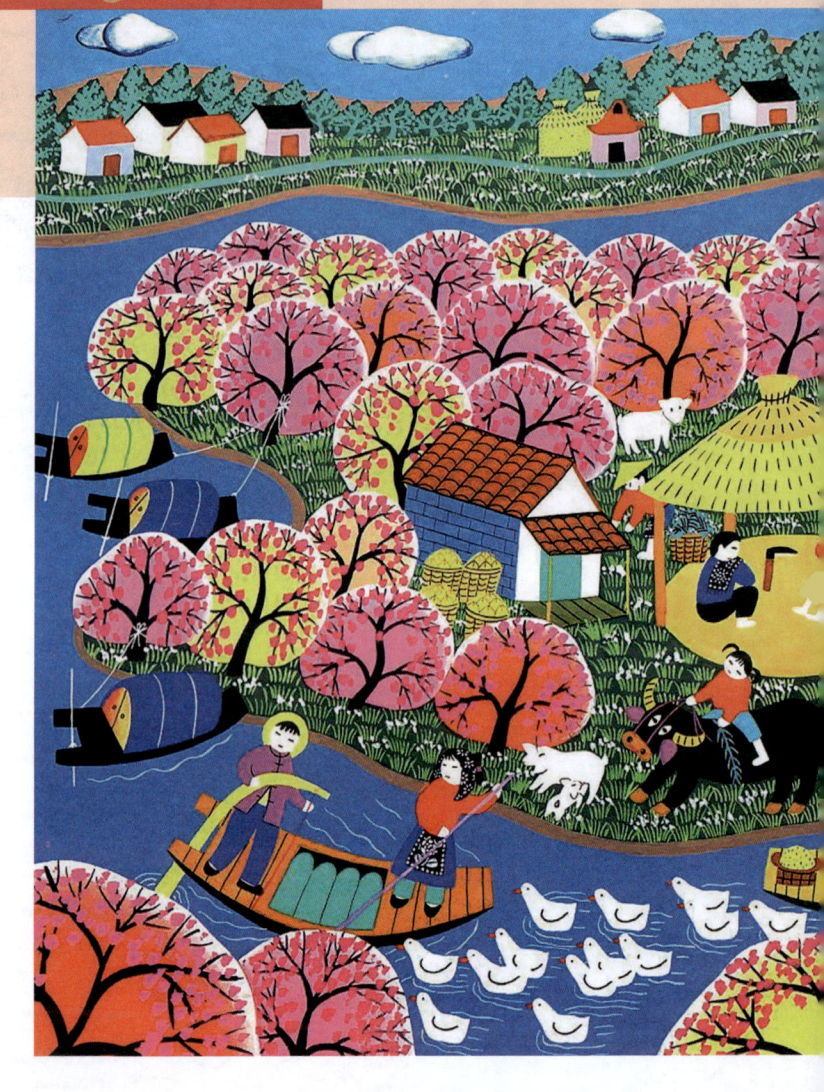

"竹外桃花三两枝,春江水暖鸭先知"。江南一带多种植桃树,春日里正是桃花盛开的好时节,如此美景是艺术家们争相创作的主题。画面描绘了江南乡村桃花盛开时节人们劳作的生活景象,展现了春天五彩缤纷、姹紫嫣红的美景。

从赶鸭姑娘到画家女弟子

曹秀文和美术结缘,还要从她的童年说起。

1956年4月,曹秀文出生在金山枫泾镇的中洪村,父亲是心灵手巧的木匠,母亲是刺绣能手。当时曹家共生了12个孩子,但最后只有5个生存下来,曹秀文是第11个孩子。她从小就喜欢画画,但因为家里孩子多,经济条件有限,父母连让她上学的需求都无法满足。

曹秀文12岁时,家里年长10岁的哥哥已在生产队担任队长,她也因此获得了在生产队放鸭子、割草养猪的机会。每天风里来雨里去,搭一个简易帐篷,鸭子放到哪里,她就睡在哪里。看到鸭子的样子,她无师自通地用泥巴捏出了各种形态的鸭子,又在水沟边打了一个土灶,用家里的柴火烧制。随后,她又去田间地头摘来一些杂草与花瓣，用挤压后产生的汁液做起了染料。而母亲杀鹅时剥落的鹅毛，成为她的染色画笔。就这样，活灵活现的鸭子塑像诞生了。这算是曹秀文的第一件美术作品。

14岁那年，国家来了政策，不到16岁不能做童工挣工分，曹秀文由此获得了上学读书的机会。由于年龄偏大，直接被安排念五年级。曹秀文回忆，自己"糊里糊涂"地读了五年书（小学1年、初中2年、高中2年），就从高中毕业了。

1975年，19岁的曹秀文返回生产队，被安排为村里画宣传画的工作，同时兼任政治夜校的扫盲队长和村里的卫生员。也正是那时，中洪村来了一批接受贫下中农再教育的上海大画家，程十发、韩和平、汪观清、郑家声等人都在其列。"我想学画画，我待老师们肯定是很好的。家里的菜，还有妈妈养的老母鸡下的鸡蛋，我偷偷地拿给老师吃。"就这样，曹秀文就跟着这些上海大画家学画画了。

在这批大画家中，对她影响最大的，当属被分配在同一生产队的画家——韩和平。韩和平在中洪村办了个美术学习班，从速写、素描入手，手把手地辅导大家作画，曹秀文就是他的学生之一。"韩老师让我在画画上开了窍。"说起韩和平，曹秀文满脸的欣喜与自豪，"他不断告诉我们，要把民间艺术跟实际生活结合起来。"

1976年，在金山的上海画家们陆续回到原来的单位。韩和平带曹秀文去见了金山文化馆的美术老师吴彤章，让她跟着吴老师学习农民画。吴彤章是金山农民画的开拓者，也是后来金山农民

作品 72：秋收

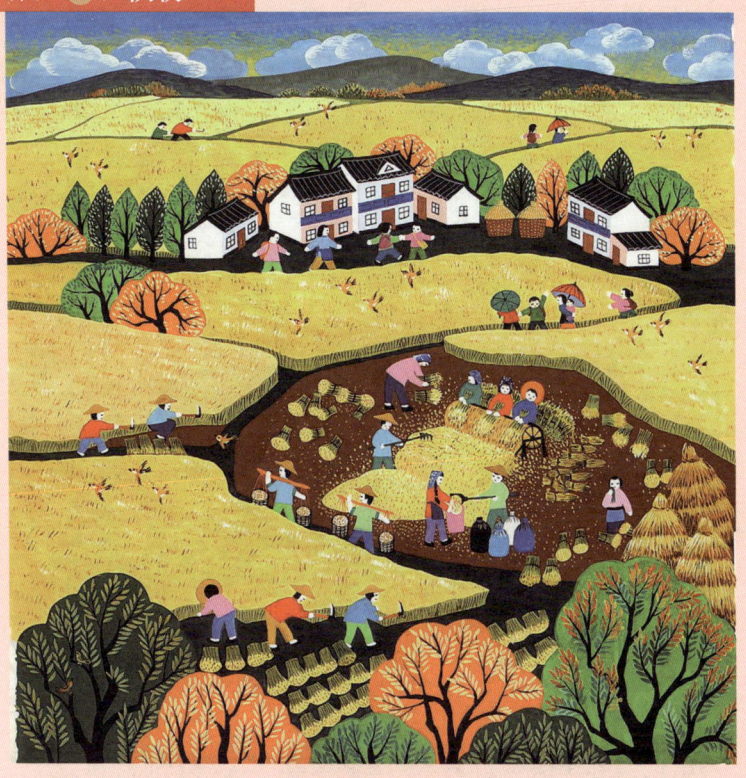

作品创作于2018年秋天。走进田野，就像置身金色的海洋。在阳光的照耀下，稻谷闪闪发光，天地融为一体，到处都是金黄色。秋天是金色的，因为它带来丰硕的果实、让我们得以延续生命的粮食；更是带来了幸福和希望，期望来年还是一个好收成。作品描绘的农村生活场景向观众传递了勤劳善良的中华文明优良传统。

作品 73：晒红绿

每年农历六月六，正值江南的梅雨季，江南农村的妇女都会把箱子里的被子衣物等拿出来晾晒。晒过之后衣物更便于储存，不会发霉。画家记录了农村人民根据生活经验和智慧总结形成的风俗，画面中的建筑、竹林、衣物等造型将江南生活体现得淋漓尽致。

画院的首任院长。

在吴彤章的辅导下,曹秀文用"移植法"把纸当布,把色彩当作绣线,"绣"出美妙的画卷。她的作品中不少图案来自父母的衣服纹样,色彩上吸收了蓝印花布、刺绣等民间配色方法,有时也直接把母亲的刺绣纹样画进来。

1976年底,英籍华裔女作家韩素音(Elisabeth Comber)来中国,计划写《中国第二次百花齐放》,需要采访中国的民间艺人和各行各业的画家。当时请去的专业画家有唐云、沈柔坚、关玉良、林风眠等人。而刚满20岁的曹秀文作为唯一受邀的农民画家代表来到了锦江宾馆。"采访的照片和文章都发表在20世纪70年代香港的一本杂志上。金山农民画在全世界的推广,实际上韩素音起了很大的作用。"曹秀文回忆说。

从上戏美术进修生到英国牛津办展人

1978年,对于22岁的曹秀文而言是一个丰收年。她的自画像《采药姑娘》被中国美术馆收藏;同年,该作品获得全国农民画展一等奖。这幅画1980年还入选了南斯拉夫《世界农民画册》。

1978年,为迎接新中国成立三十周年的全国画展,政府委托上海戏剧学院招收全国各地优秀的美术学员进行培养,为专题创作画展选送作品。曹秀文被选为金山重点培养的农民画家,获得了这个宝贵的培养机会。在上戏美术系国画班13个月的学习时间里，她泡在图书馆、聆听各种讲座，海绵吸水般系统地学习专业理论。

1979年，曹秀文画的《上夜校》在中国美术馆展览，一名美国人下了飞机到中国美术馆，一只脚跨进来就说："这幅画我要买。"这幅画是曹秀文根据爸爸的木雕艺术带来的灵感，雨点是空出来的，雨伞下面黄色的是手电筒光。

卓著的成绩也让她光荣地成为第五、六、七届上海政协委员，喜获全国三八红旗手称号并当选为金山区人大代表，入选中国民间文艺家协会会员，被评为"全国十大优秀农民画家"。

但曹秀文对于自己的艺术生涯也曾动摇过。"我家经济不好，因为我一直画画，是个穷画家，女儿都是借钱读书的，这样下去总归不是个办法。后来我先生提出开饭馆，饭馆开了三个月，收入要比画画多，可是我要疯掉了，我不喜欢干这种工作。"曹秀文表示，最终饭馆租给了别人，她还是做回了农民画家。

2006年初，枫泾镇在金山农民画的发源地中洪村建起了一座集农民画创作交流、销售、旅游、观光于一体的农民画村。50岁的曹秀文第一个报名成为这里的入驻画家，"我要进这里，这里有集中注意力的环境，让我能够静下来创作"。

2008年，在上戏美术系老师的推荐下，52岁的曹秀文获得了第一次出国参展的机会。当时的展览在英国牛津举行，草地上搭了很多简易棚，邀请了世界各地两百多个艺术家参展。展览名字叫"艺术的行为"。每个展区包含五个国家，曹秀文所在的展

作品 74：小年夜

江南农村有在"小年夜"做汤圆的风俗，寓意着团团圆圆。画面表现的是厨房内一家人正准备吃汤圆的场景，嬉戏打闹的小猫为画面添加了几分趣味。江南古朴的灶台上绘制着吉祥寓意的灶壁画，忙碌的妇女正在为老人和孩子准备美味的汤圆，桌面上还摆放了其他美食。浓烈的色彩带来了视觉盛宴，整个画面充满了浓郁的生活气息。

区有保加利亚、印度、韩国、日本和中国五个国家，而每个国家参展艺术家的绘画风格都不一样。

"我展区的墙面很小，画都挂在墙上，观众进来直奔我们金山农民画，其他展区的人都不多。我不会说英语，但是我用眼神、用我的表情感染了很多人。"曹秀文回忆说，"我一边画画，看到游客来了，马上站起来说Hello, China, Shanghai（你好，中国，上海），他们都知道上海，很多人看中我的画，色彩特别美，当场就买了。"

从金山农民画推广人到
中华优秀传统文化传播者

2007年，金山农民画入选首批上海市非物质文化遗产，曹秀文是当时被评上的唯一的金山农民画女性传承人。

值得一提的是，在成为非遗传承人之前，曹秀文就已经在不经意间成为金山农民画的推广人。吴彤章曾告诉曹秀文："农村妇女都会刺绣、织布、织毛衣，她们对色彩很有审美。"

因此，曹秀文把婶婶陈芙蓉、姑姑曹金英、婶婶的女儿曹宝娣与曹根娣，还有曹金英的女儿都请来学习金山农民画。

事实证明，吴彤章的话没有错。1981年美国纽约举办中华人民共和国当代绘画展，展出40位金山农民画家的100多幅作品，曹秀文婶婶陈芙蓉的《盖新房》被作为当时的宣传海报。而曹秀文姑姑曹金英画的《鱼塘》被收在金山中国农民画博物馆里。

"走出去"后，曹秀文看到了丰富多彩的世界文明，"我在奥地利的一个教堂中，看到玻璃上的一幅画，非常吸引我，我觉得他们的画如果融入我们农民画，也是很有借鉴意义的"。

随着金山农民画在国际上名声渐涨，曹秀文的作品也走入了外国人的视野。基辛格就曾买下她的一副《渔家乐》，这是曹秀文在

作品 75：渔家乐

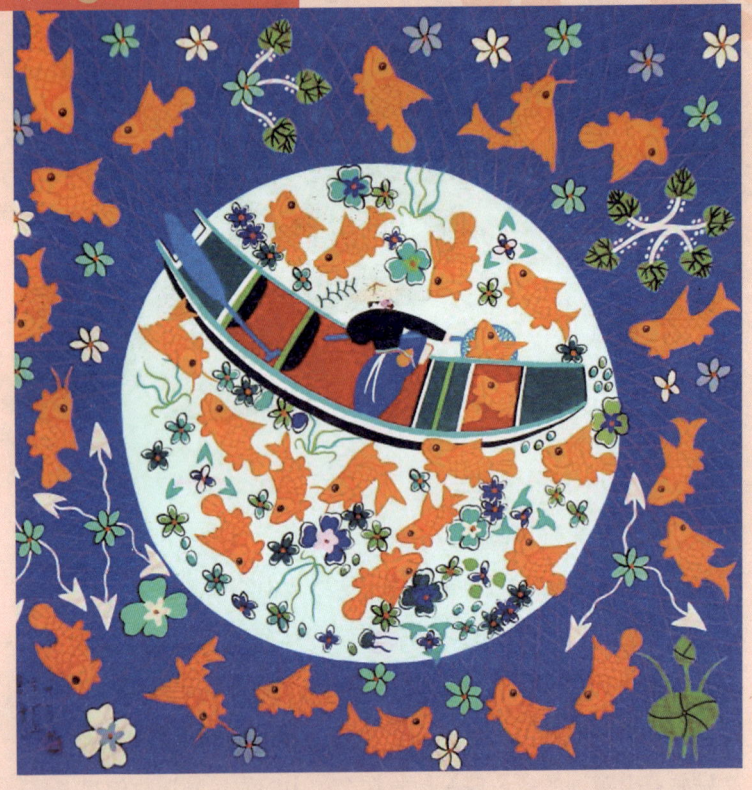

作品于1978年创作，至今依然畅销海内外。当时正值新中国成立30周年前夕，画家在公社鱼塘采风时遇到渔民拉网捕鱼，鱼儿在网里欢腾雀跃，渔民脸上洋溢着丰收后的喜悦，灵感由此而来。鱼在我们中国传统文化中一直有着年年有余的美好寓意，寄托着画家希望人民生活越来越美好的愿望。

上戏美术系国画班进修后创作的,描述了一个渔民撒网捕鱼的丰收喜悦。基辛格看到此画时给出了另一种解读:圆圆的中心是地球,四周的网象征着天下一家,喜庆地团结在一起。而到了2010年,这幅画又出现在上海世博会主题馆的大厅,赢得了世界的瞩目。

入驻中国农民画村后,慕名前来拜访曹秀文的人络绎不绝,其中就有两位在中国工作的日本友人,他们对于绘画和中国文化都有着浓厚兴趣。本着把中华优秀传统文化传播到全世界的美好愿望,曹秀文干脆收了两人为徒。后来,其中一位徒弟回到日本后确实从事了绘画授课工作,可以说把金山农民画带到了日本画坛。

曹秀文的首席弟子是她的80后独生女陆卓彦,从小耳濡目染妈妈画画的陆卓彦目前在枫泾中学当美术老师,平时全心全意地投入农民画创作和教学中。她创作的《千年古镇焕新颜》在2020年被金山区政府与乐高集团签约仪式上采用。

曹秀文在中国农民画村的工作室也是"有农有画体验点"。"有农有画"是金山农民画院党支部特色党建品牌,政府以公益价格购买画家服务的形式请绘画零基础的老百姓定期学习金山农民画,扩大非遗传承的人群。曹秀文本人还会到学校给不同年龄的学生上课,她也会培训美术老师,让老师再去教学生,这样受益面更广一些。

曹秀文坦言,金山农民画的传承工作仍有一定难度:"我培养了好多学生,有些学生培养了好几年,但因为生存不下去,最后放弃了。但是我不会放弃，只要有人愿意体验农民画，我都尽心培养。每一年寒暑假，我拿出时间培养一批又一批的小学生，他们能不能画下去，我还不知道，但是我会一直画农民画，教人画农民画。"

手作 tips

所需材料：

铅笔、橡皮、铅画纸（素描纸）、宣纸（生宣）、毛笔（狼毫小楷，兼毫勾线笔，羊毫白云中号等）、画板、水粉颜料、调色盘、洗笔用水桶、美工刀、胶水或者糨糊、吸水用的旧毛巾（全棉为宜）。

制作工序：

一幅金山农民画要经过8道工艺流程，先后为：在素描纸上用铅笔起稿；拷贝到宣纸上；将宣纸背面四边涂上胶水（糨糊）；将宣纸画稿于画板上黏贴平整、开始涂色；先涂背景色以及大块面的色块；逐步涂画大色块、添加细节；逐步完善、涂色完成后，裁切画面多余纸张；裱拓两层宣纸于画面背后，待干裁切装入画框，完成。

"上海女性"官方微信开通"海上她文创"赏析打卡活动。您可以搜索"上海女性"（shanghaifulian）微信公众号或扫上图二维码，进入趣活动菜单的"海上她文创"栏目，开启您专属的"文创之旅"。除了赏析到书中女性非遗女传承人的成长故事和精选作品，还可以拍摄自己设计制作的文创作品，配上心语感言上传。我们期待在点赞排行榜上看到您的作品！如果您名列前茅，还有神秘礼物等您拿！

图书在版编目(CIP)数据

海上她文创 / 上海市妇女联合会,新民周刊编著.
上海 : 文汇出版社, 2024. 8. -- ISBN 978-7-5496-4278-6

Ⅰ. I217.1

中国国家版本馆CIP数据核字第20240XH502号

海上她文创

编　　著 / 上海市妇女联合会、新民周刊
责任编辑 / 邱奕霖
装帧设计 / 乐　业

出 版 人 / 周伯军

出版发行 / 文匯出版社
　　　　　上海市威海路755号
　　　　　（邮政编码：200041）
经　　销 / 全国新华书店
印刷装订 / 上海颛辉印刷厂有限公司
版　　次 / 2024年8月第1版
印　　次 / 2024年8月第1次印刷
开　　本 / 787×1092　1/32
字　　数 / 160千字
印　　张 / 7.875

ISBN 978-7-5496-4278-6
定　　价 / 59.00元